Chère lectrice,

A cinquante-cinq ans, l'armateur Abraham Danforth est un homme riche, puissant, respecté. Après une brillante carrière dans la Marine, il est revenu à Savannah pour reprendre les rênes de Danforth & Co. Au fil des années, l'entreprise de transport maritime, fondée par son grand-père, est devenue florissante.

Si la réussite professionnelle d'Abraham est indéniable, sa vie personnelle est moins heureuse. Après la mort accidentelle de sa femme à l'âge de vingt-neuf ans, Abraham a envoyé ses cinq enfants en pension. Délaissés par leur père pendant leurs brefs séjours à la maison, les quatre garçons et leur jeune sœur ont trouvé l'affection qui leur manquait auprès de la famille de leur oncle Harold, qui réside, elle aussi, à Crofthaven Manor, la splendide propriété familiale qui surplombe la baie de Savannah.

Au moment où s'ouvre La dynastie des Danforth, *nous sommes en janvier 2004. Abraham, mettant en avant son intégrité et ses valeurs morales, a décidé de se présenter aux élections sénatoriales. Pour l'aider à mener à bien sa campagne, il entend que ses enfants donnent l'image d'une famille unie et sans reproche…*

Résumé des volumes précédents…

Chargé d'installer la permanence électorale de son père, Reid Danforth a fait la connaissance de sa jolie voisine, Tina Alexander (La liaison secrète). *Leur liaison passionnée est restée secrète, le temps que leurs parents respectifs comprennent que leur amour n'était pas qu'un feu de paille. Les deux familles en sont à préparer leurs fiançailles…*

Sa sœur, Kimberly, la plus jeune et la plus rebelle des Danforth, a dû héberger Zack Sheridan, chargé de la protéger après que Abraham Danforth a reçu des lettres de menace pour la sécurité de sa famille. Leurs relations ont été orageuses au début, mais Les étincelles de la passion *ont fini par crépiter entre eux et les voici maintenant inséparables.*

Jacob Danforth, le cousin de Reid et de Kimberly, a eu, lui, l'immense surprise de découvrir qu'il était le papa d'un petit Peter de trois ans ! Un secret bien caché par Larissa, la mère de Peter, venue lui apprendre cette incroyable nouvelle avant que la presse ne publie l'information. Mais tout s'est bien fini avec un mariage à Las Vegas !

Wesley Brooks n'a pas pensé au mariage lorsqu'il a surpris Jasmine Carmody, une jeune journaliste, dans sa propriété ! Il s'est mis dans une colère folle en comprenant qu'elle cherchait des informations susceptibles de nuire aux Danforth, qu'il considère comme sa famille adoptive. Mais le cœur a ses raisons et c'est finalement d'Un coup de foudre à Savannah *dont ont parlé les journaux…*

Ce mois-ci :

Ian, le fils aîné d'Abraham Danforth, a la lourde charge de diriger l'entreprise familiale depuis que son père a décidé de se présenter au Sénat. Et lorqu'il se retrouve du jour au lendemain sans sa fidèle assistante, il est soulagé de voir arriver une jeune intérimaire, Katie O'Brien. Mais la jeune fille à l'enthousiasme débordant a des idées bien arrêtées sur la manière d'organiser l'emploi du temps de son employeur ! Ian se demande comment il va résister à cette tornade aux yeux verts et à la chevelure auburn aussi peu docile que sa propriétaire…

Le mois prochain, la dynastie des Danforth se poursuit. Vous aurez le plaisir de la retrouver chaque mois jusqu'en décembre 2005.

La responsable de collection

KATHRYN JENSEN

Après des débuts comme employée de banque, puis professeur de collège, Kathryn Jensen décide de se lancer dans l'écriture. Elle rédige son premier livre — une histoire à suspense pour les tout-petits — sur une vieille machine à écrire, tout en surveillant son fils et sa fille qui jouent à cache-cache sous son bureau ! Au fur et à mesure que ses enfants grandissent, Kathryn adapte son style et ses récits : elle se met à écrire des livres pour jeunes lecteurs, puis obtient un joli succès avec une série de romans policiers destinés aux adolescents. Une fois ses enfants adultes, elle se tourne tout naturellement vers la littérature sentimentale, avec talent et réussite. Et quand l'inspiration la déserte, elle se donne du courage en croquant dans une tablette de chocolat noir ou en crayonnant des pastels — c'est une grande admiratrice du peintre Edgar Degas.

*Cet ouvrage a été publié en langue anglaise
sous le titre :*
THE BOSS MAN'S FORTUNE

Traduction française de
MARIEKE MERAND-SURTEL

HARLEQUIN®

est une marque déposée du Groupe Harlequin
et Passion® est une marque déposée d'Harlequin S.A.

Originally published by SILHOUETTE BOOKS,
division of Harlequin Enterprises Ltd.
Toronto, Canada

*Toute représentation ou reproduction, par quelque procédé que ce soit, constituerait
une contrefaçon sanctionnée par les articles 425 et suivants du Code pénal.*
© 2004, Harlequin Books S.A. © 2005, Traduction française : Harlequin S.A.
83-85, boulevard Vincent-Auriol, 75013 PARIS — Tél. : 01 42 16 63 63
Service Lectrices — Tél. : 01 45 82 47 47
ISBN 2-280-08378-7 — ISSN 0993-443X

KATHRYN JENSEN

Une héritière
chez les Danforth

Collection *Passion*

éditions Harlequin

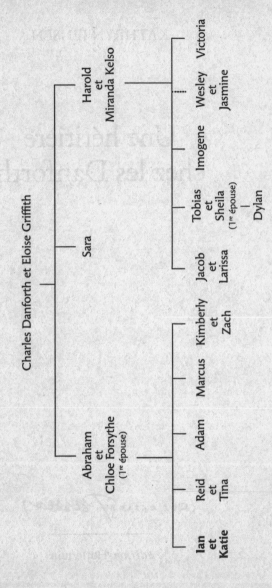

La Dynastie des Danforth

Charles Danforth et Eloise Griffith

Abraham
et
Chloe Forsythe
(1re épouse)

- Reid
  et
  Tina
- Adam
- Marcus
- Kimberly
  et
  Zach

Sara

- Jacob
  et
  Larissa
- Tobias
  et
  Sheila
  (1re épouse)
  - Dylan
- Imogene

Harold
et
Miranda Kelso

- Wesley
  et
  Jasmine
- Victoria

Ian
et
Katie

Indiscrétions

Quand deux héritiers se rencontrent...

Question : Que fait une jeune et très jolie héritière lorsqu'elle décide de fuir sa famille bien trop autoritaire à son goût ?

Réponse : Elle change de look, d'identité, de ville, et se fait passer pour une secrétaire à la recherche d'un emploi avec, bien sûr, un CV inventé de toutes pièces.

Mais lorsqu'elle devient l'assistante personnelle d'un des célibataires les plus fortunés et les plus convoités par la gent féminine de notre bonne ville de Savannah, que croyez-vous qu'il arrive, une fois la porte du bureau refermée derrière eux... ?

Selon nos sources bien informées, il semblerait qu'il ait suffi d'un regard à son séduisant employeur pour décider que la jeune femme, aux grands yeux verts et à la chevelure rousse, pouvait devenir plus qu'une simple employée...

Quoi qu'il en soit, nous ne pouvons que nous réjouir d'un rapprochement entre deux familles si influentes, car, comme chacun sait, deux fortunes valent mieux qu'une !

Une petite question néanmoins : comment l'heureuse élue a-t-elle l'intention d'annoncer la bonne nouvelle à ses parents, probablement fous d'inquiétude depuis qu'elle est partie sans crier gare ?

Soyez sûrs, chers lecteurs, que nous vous tiendrons au courant de la suite des événements...

1.

— Je l'ai enfin trouvée !

La voix enjouée que Ian Danforth entendait dans son portable lui annonçait la première bonne nouvelle depuis des semaines.

L'appel avait interrompu sa séance d'entraînement matinale. Le jeune directeur général de la société Danforth & Co quitta son banc de musculation et attrapa une serviette. Il essuya son front trempé par l'effort. Puis, cherchant son souffle, il reprit la communication avec sa directrice du personnel.

— Parfait, haleta-t-il. Quand peut-elle débuter ?

— C'est une intérimaire, elle peut donc commencer tout de suite, répondit Holly Francis d'un ton soulagé. Elle s'appelle Katie O'Brien. Je l'ai reçue moi-même, et je pense qu'elle vous plaira. Jeune, très sûre d'elle, certainement compétente malgré son manque d'expérience…

— Son curriculum vitæ ne m'intéresse pas, la coupa Ian avec impatience.

Il fit rouler les muscles de ses épaules, noués par les trois séries de barre à cinquante kilos. « Du calme, Danforth », se sermonnat-il. La pauvre Holly n'était pas responsable du départ soudain de sa secrétaire. Ni du fait que lui-même était si tendu.

— Va pour l'intérimaire, reprit-il d'un ton qu'il espéra plus agréable. Tant qu'elle sait répondre au téléphone et classer un dossier, elle fera l'affaire, en attendant que vous me trouviez une remplaçante définitive.

— Bien, monsieur, acquiesça Holly. Je vous l'envoie immédiatement ?

— Je pense que je vais d'abord me changer ! Faites-la venir dans mon bureau, au cinquième étage.

— Je l'accompagnerai moi-même.

— Merci, Holly. J'apprécie vos efforts à leur juste valeur, déclara Ian avant de couper la communication.

Puis il se dirigea vers la salle de douche, ses pensées revenant sur la série d'événements qui troublaient depuis plusieurs mois sa vie et celle des Danforth : d'abord, la découverte du corps d'une jeune fille dans le grenier de Crofthaven Manor, la demeure de ses parents, laissant tout le monde sous le choc. En fait, il s'agissait de la fille de la gouvernante, une enfant perturbée qui était morte naturellement d'une maladie congénitale. Ensuite, une explosion inexpliquée dans les bureaux de l'immeuble où il se trouvait en ce moment même.

Il remerciait le ciel que les cinq étages du siège de la société familiale, dans le cœur historique de Savannah, aient été vides lorsque la bombe avait explosé. Ainsi, personne n'avait été blessé. En revanche, un étage avait subi de sérieux dommages, et la famille comme la police prenait l'événement très au sérieux…

En tant que directeur général, Ian se sentait responsable de la sécurité de ses employés. L'enquête n'avait pas encore établi qui avait installé les explosifs, mais de toute évidence, il s'agissait d'un travail de professionnel. L'objectif était d'intimider les Danforth — de les mener de force dans une voie que, pour sa part, il refusait de prendre… A savoir, changer de fournisseurs de café colombiens, une manœuvre d'intimidation exercée par des personnes louches.

Et, pour couronner le tout, le départ inopiné de sa secrétaire avait fait de sa semaine dernière un véritable enfer ! Au cours de ces derniers mois, Gloria avait été une perle ! Elle avait fait en sorte que Ian n'oublie aucune réunion essentielle, lui avait épargné les importuns en filtrant les appels indésirables, puis en repoussant la presse lorsque les choses avaient commencé à chauffer pour sa famille. Mais sa mère était subitement tombée malade et elle avait voulu aller s'occuper d'elle, ce que Ian comprenait parfaitement. Il nota mentalement de demander son adresse à Holly, afin de lui envoyer des fleurs.

Ian s'était entièrement reposé sur Gloria depuis que son père lui avait confié les rênes de l'entreprise fondée par son grand-père. Si Abraham Danforth avait passé le flambeau à son fils aîné, ce n'était pas parce qu'il se sentait trop vieux pour diriger plus longtemps sa très florissante société d'importation ! Mais parce que l'ex-marine, un leader-né, adorait les challenges. Aussi, la cinquantaine atteinte, avait-il estimé que le moment était venu de jouer un rôle dans la vie publique de son pays. Il faisait campagne pour se faire élire sénateur. Et sa directrice de campagne, Nicola Granville, l'avait baptisé « Honest Abe II », en référence au président Abraham Lincoln dont l'honnêteté était légendaire. Abraham Danforth se devait d'offrir une image d'homme irréprochable. Il était donc crucial qu'aucun soupçon concernant les événements qui avaient frappé sa famille ne vienne aujourd'hui ternir cette réputation : la moindre source de scandale devait être immédiatement dissipée et cachée à la presse. Plus facile à dire qu'à faire !

Il se sentait fatigué. Car, en plus de la supervision des imports, il dirigeait, avec son frère Adam et son cousin Jacob, la chaîne de cafés D & D, des boutiques raffinées qui proposaient des dégustations de café dans tout le pays. Il avait monté cette filiale de l'entreprise familiale bien avant d'être directeur de Danforth & Co.

Il chassa ces idées noires sous le jet d'eau brûlante. Et vingt minutes plus tard, ragaillardi et revêtu d'un élégant complet de lin, il quittait l'ascenseur au cinquième étage de l'immeuble. Saluant au passage les employés croisés dans le couloir, il poussa la lourde porte de chêne qui menait à ses bureaux de directeur général.

Une jeune femme, assise sur le canapé de la réception, leva vers lui sa tête couronnée d'une abondante masse de boucles auburn. Comme elle semblait jeune, comparée à Gloria ! Ses yeux verts pleins d'attente s'éclairèrent à son entrée et, sautant aussitôt sur ses pieds, elle se précipita, main tendue.

— Monsieur Danforth, je suis tellement heureuse de travailler pour vous, s'exclama-t-elle d'une voix haletante. L'agence d'intérim vous a sans doute dit que j'ai peu d'expérience, mais j'apprends très vite, vous savez, et je vais travailler très, très dur. Je vous promets que vous ne serez pas déçu…

Les mots se bousculaient hors de sa bouche et Ian avait le plus grand mal à les démêler. Son débit de parole était… épuisant !

— Stop ! aboya-t-il, en retirant sa main que son interlocutrice secouait avec enthousiasme.

La jeune femme cligna des yeux, et Ian ne put s'empêcher d'admirer le jade étincelant de son regard.

— J'ai dit quelque chose qu'il ne fallait pas ? demanda-t-elle.

Ian se dirigea vers la porte de son bureau personnel.

— Vous parlez trop ! répliqua-t-il en l'ouvrant.

— Pardon ?

Elle entra à sa suite dans la pièce, foulant le précieux tapis d'Aubusson. Ian lui désigna un fauteuil et s'assit face à elle, derrière son bureau.

— Mademoiselle O'Brien, que les choses soient claires. Je ne pense pas que nous aurons besoin de vous plus d'une semaine ou deux. Répondez au téléphone quand il sonne, assurez-vous que les dossiers restent en ordre, et votre petit séjour chez nous se passera parfaitement bien. D'accord ?

— Bien, monsieur, murmura-t-elle d'une voix déçue en baissant les yeux.

— Cela dit, reprit-il, votre présence ici, aussi brève soit-elle, est importante. Faites comme si vous deviez garder le fort avant l'arrivée de la cavalerie…

Le visage de la jeune femme s'éclaira aussitôt.

— Ça, je sais faire !

Il n'en doutait pas une seconde ! Avec son exubérance juvénile, elle pouvait probablement stopper un train lancé à pleine vitesse…

— Vous savez utiliser un ordinateur ?

Elle hésita imperceptiblement avant de répondre, comme si elle n'était pas sûre que la question lui soit adressée.

— Bien entendu ! répondit-elle enfin avec un petit rire nerveux.

Et elle lui sourit, assise le dos bien droit, les mains sagement posées sur ses genoux bien serrés, les chevilles jointes, comme si elle avait pris des cours de maintien.

— Où avez-vous fait vos études, mademoiselle O'Brien ?

Nouant ses mains derrière sa nuque, il enfonça ses épaules dans le dossier de son fauteuil de cuir et l'observa.

Apparemment, cette question lui demandait également un moment de réflexion puisqu'elle laissa passer quelques secondes avant de répondre.

— Au Belmont College, répondit-elle enfin, hochant la tête avec conviction.

— Je ne crois pas en avoir entendu parler…

— Oh ! C'est un petit établissement, en Arizona, une sorte de… faculté de premier cycle, vous voyez ?

— Je vois, oui. Avez-vous déjà travaillé dans un bureau ?

Katie mordilla nerveusement sa lèvre inférieure, dévoilant des dents parfaites, puis lui lança un regard plein d'appréhension.

— Non, répondit-elle, avant d'enchaîner précipitamment : Mais j'adore classer des dossiers et…

— Vous *adorez* classer ? gloussa-t-il malgré lui.

Les yeux de la jeune femme crépitèrent, lançant des flammes vertes.

— Quel mal y a-t-il à aimer le classement ?

— Aucun ! répondit Ian, s'efforçant de recouvrer son sérieux.

— Je suis capable de travailler aussi dur et aussi longtemps que n'importe qui. Tout ce que je demande, c'est qu'on me donne ma chance ! Mais si vous me la refusez…

Elle se leva brusquement, et Ian crut un instant qu'elle allait foncer vers lui. A la place, elle attrapa son sac et se dirigea vers la porte.

— Je crains que cet entretien n'ait été une perte de temps, pour vous comme pour moi.

— Une minute ! s'écria Ian.

L'écho de sa voix autoritaire résonna un moment dans la pièce. Puis, très lentement, Katie tourna la tête et lui lança par-dessus l'épaule un regard glacé qui signifiait : « Comment osez-vous me parler sur ce ton ? »

« Tiens, tiens, pensa Ian, mademoiselle O'Brien n'est peut-être pas aussi ingénue qu'elle veut bien le montrer… »

— Je suis vraiment désolé si je vous ai offensée, s'excusa-t-il après s'être levé de son fauteuil. Restez, je vous en prie.

La jeune femme revint sur ses pas puis, plantée au centre du tapis, l'observa d'un air circonspect sous la lourde frange de ses cils, plus sombres que sa chevelure aux reflets de feuilles d'automne.

— Ce n'est pas comme si c'était ma seule opportunité, déclara-t-elle alors. Je peux être tout ce que je veux.

Ian fut intrigué de sa réponse. Pourquoi avait-elle choisi le verbe *être* au lieu de *faire* ? Mais mieux valait ne pas lui demander ! Relancer ses talents pour la conversation serait déraisonnable s'il voulait avancer dans son emploi du temps…

— Revenez vous asseoir, reprit-il. Tout ce que je souhaite, c'est que vous m'aidiez à gérer mes journées en attendant que nous trouvions une vraie remplaçante à ma secrétaire. Vous pensez pouvoir le faire ?

Katie hocha la tête, serrant gravement les lèvres, comme s'il lui en coûtait de les garder closes tandis que Ian parlait.

— Tout à fait, murmura-t-elle.

— Parfait ! Vous commencerez demain matin, si cela vous convient.

— Pas aujourd'hui ? demanda-t-elle, déçue.

— Aujourd'hui, je n'ai que des rendez-vous à l'extérieur. Gloria a laissé des instructions détaillées à l'attention de sa remplaçante. Emportez-les pour les étudier chez vous. Et demain, à 8 heures tapantes, vous pourrez commencer à classer tout en répondant au téléphone.

— Génial ! s'exclama Katie d'une voix aiguë.

Puis elle lui dédia un sourire éblouissant. Pour une raison qu'il ne s'expliqua pas, Ian trouva cela plus inquiétant que rassurant.

Une fois rentrée, Katie se blottit dans le canapé avec une tasse de café et les dossiers qu'elle avait emportés.

— Katie O'Brien…, murmura-t-elle pour elle-même. Adieu, Katherine Fortune ! Salut, Katie O'Brien, ton nouveau personnage ! Mais n'oublie pas qui tu es !

Après quelques courses pour le déjeuner, elle s'apprêtait à entamer ce qu'elle considérait comme ses devoirs scolaires. Des devoirs *payés*, songea-t-elle gaiement. Danforth lui payait même ce jour de préparation !

Décidément, les choses s'annonçaient plutôt bien ! Elle leva sa tasse à ce jour si important, qui marquait une nouvelle étape de sa vie, et laissa ses pensées revenir en arrière.

Quitter la maison avait été un acte impulsif. Et une sacrée aventure, un peu effrayante ! Ce jour-là, elle avait gagné Tucson en auto-stop, sans même avoir réfléchi à sa destination… jusqu'à ce qu'elle comprenne que si elle ne voulait pas que sa famille la retrouve et la ramène de force, il lui fallait absolument quitter l'Arizona.

Mais trouver un lieu sûr pour commencer sa nouvelle vie de femme indépendante n'était pas son seul souci, loin de là. A commencer par l'obligation de subvenir seule à ses besoins — chose qui ne lui était jamais arrivée auparavant. Impossible d'utiliser la carte de crédit de son père ou de faire des chèques, sa famille aurait immédiatement retrouvé sa trace. Elle devait vraiment repartir de zéro…

Elle avait donc payé son ticket de car en liquide.

Puis, dans le Greyhound qui l'emportait vers l'Est, elle s'était souvenue d'une de ses amies de faculté, Kate O'Brien. Celle-ci lui avait envoyé le mois précédent un e-mail dans lequel elle annonçait, folle de joie, qu'elle allait vivre en Europe un certain temps pour son travail.

A l'université, Kate avait une réputation de fille complètement farfelue, mais Katherine avait toujours admiré son individualisme et son audace. De plus, ses idées s'avéraient parfois excellentes ! Elle l'avait appelée à Londres.

— Si tu tiens vraiment à disparaître, proposa Kate tout excitée, pourquoi ne pas devenir moi ?

— *Devenir* toi ?

Katherine espérait simplement trouver un point de chute temporaire, et pensait profiter de l'appartement de son amie à Savannah en attendant de pouvoir payer un loyer.

— Mais bien sûr ! insista Kate. Souviens-toi, tout le monde trouvait que nous nous ressemblons comme des sœurs. Voire comme des jumelles, si je n'étais pas rousse. J'ai laissé chez moi mon permis de conduire et d'autres papiers d'identité qui me sont inutiles ici. Comme je venais d'acheter cet appartement quand on m'a proposé ce job, je n'ai pas l'intention de le revendre tout de suite. Mais je n'ai même pas eu le temps de rencontrer mes voisins ! En fait, personne ne me connaît vraiment dans le quartier.

— Je te payerai un loyer dès que j'aurai trouvé du travail, proposa Katherine.

— Ce n'est pas pressé ! Evite simplement de faire des excès de vitesse ou de commettre un crime, plaisanta Kate. Tu peux endosser mon identité aussi longtemps que je serai en Europe. D'ailleurs, je n'ai moi-même aucune idée du temps que va durer mon absence.

C'est ainsi que Katherine Fortune, héritière d'un empire, avait caché sa chevelure brune sous une chaude teinte auburn, ajouté une permanente pour se rapprocher des boucles de son amie, acheté une paire de lunettes à monture métallique et à verres neutres... et était devenue Katie O'Brien ! Tout cela avait été d'une facilité déconcertante. Elle n'en revenait toujours pas !

En fait, la seule difficulté avait été de trouver un travail. Dans la majorité des entreprises où elle avait postulé, on lui avait dit qu'elle était surqualifiée du fait de ses études universitaires. Les postes de serveuses stipulaient « expérience exigée », et ceux de vendeuses demandaient des formations spécifiques.

Voyons ! Si tout le monde exigeait de l'expérience *avant* d'embaucher, comment faire pour acquérir cette sacro-sainte expérience ? Comme c'était contrariant !

Puis le responsable d'une boutique lui avait suggéré d'essayer les agences d'intérim, toujours à la recherche de secrétaires, avec souvent une formation à la clé.

Katherine alla donc pousser la porte d'Exé-Intérim, qui venait juste de recevoir la demande urgente d'une entreprise locale d'importation de café, Danforth & Co.

Voilà qui était parfait ! Après tout, elle adorait le cappuccino, n'est-ce pas ? Que demander de plus ?

Katie, murmura-t-elle de nouveau. Cela sonnait tellement mieux que Katherine, si guindé... D'ailleurs, c'était un surnom tout à fait légitime, non ? Pourquoi ne pas le conserver, une fois sa nouvelle vie mise au point ? Après tout, elle n'allait pas se cacher de sa famille éternellement. Juste le temps de découvrir ce qu'*elle* voulait faire de sa vie et non ce que sa famille attendait d'elle. Elle avait déjà un travail. Qu'elle avait déniché toute seule. Seigneur ! Comme c'était bon d'être indépendante !

Et ce serait encore meilleur après avoir touché son premier salaire, à la fin de la semaine.

En attendant, elle avait de quoi manger dans le réfrigérateur, et assez d'argent pour prendre le bus jusqu'au bureau. Cela dit, l'immeuble Danforth n'était pas bien loin de l'appartement, elle pourrait y aller à pied et économiser le prix du ticket de bus, de quoi faire face en cas d'urgence.

Finis, les dîners dans les restaurants chic ! se dit-elle en avalant une gorgée de café instantané adouci de crème en poudre et de faux sucre. Terminé, le shopping dans les jolies boutiques entr'aperçues sur Broughton Street. Oubliés, les manucures, massages, coiffeurs et autres petits soins de luxe auxquels sa vie l'avait habituée… du moins jusqu'à ce qu'elle puisse se les offrir elle-même de nouveau !

Dorénavant, elle mènerait une vie toute simple. Et elle prendrait ses décisions toute seule. Choisirait ses propres amis, ce qui ne saurait tarder, d'ailleurs. Ce serait *sa* vie. Bientôt, ses parents et leurs conseillers financiers se rendraient à l'évidence. Elle allait leur prouver à tous qu'elle était capable de se débrouiller sans leur aide. Jamais ils ne parviendraient à faire d'elle une épouse de la haute société, riche et…

Elle sursauta en entendant la sonnerie stridente du téléphone. Le cœur battant, le souffle court, elle passa la langue sur ses lèvres soudain aussi sèches que si elle s'était retrouvée sous le soleil du désert, chez elle.

Seigneur ! Et si c'était son père ? Ou un de ses frères ? Si elle décrochait, ils reconnaîtraient sa voix à coup sûr !

Mais ils ne savaient pas où elle se trouvait…

Katie prit une profonde inspiration et attendit. Trois sonneries, quatre, cinq… A la sixième, n'y tenant plus, elle décrocha.

— Allô ?

— Mademoiselle Katie O'Brien, je vous prie ? demanda une voix profonde.

Une vague de chaleur la traversa, ranimant ses membres engourdis, tandis que s'imposait à son esprit le souvenir du bel homme qui l'avait reçue dans son bureau le matin même. En un éclair, elle revit le visage saisissant, les yeux sombres.

— C'est moi, répondit-elle, respirant avec difficulté.

— Ici, Ian Danforth. J'ai oublié d'informer l'agence d'intérim que vous devrez être disponible le week-end, en plus de la semaine. Cela vous pose-t-il un problème ?

— Ma foi, non, je ne pense pas…, dit-elle, bien que l'idée de travailler sept jours par semaine lui semblât étrange.

Etait-ce légal, d'ailleurs ? Ian Danforth était-il le genre de patron à exploiter son manque d'expérience ? En fait, elle aurait souhaité avoir un peu de temps pour elle. Avec l'argent économisé, elle avait l'intention d'explorer les cafés et autres endroits sympas où se retrouvaient les gens de son âge après le travail.

— C'est-à-dire que l'agence m'a parlé de salaire de base, reprit-elle. Personne n'a évoqué d'heures supplémentaires.

— Soyez sans crainte. Nous sommes plus que généreux avec nos employés.

Elle décida de ne plus discuter. Après tout, il s'agissait de son premier job, et elle ne voulait pas faire de vagues. En travaillant correctement au cours des deux semaines qu'elle allait passer avec le magnat du café, elle pourrait sans aucun doute décrocher ensuite un contrat à durée indéterminée dans une plus grosse entreprise. Ce qui lui permettrait de se fondre dans la masse salariale, et ainsi sa famille aurait moins de chances de la retrouver…

— D'accord. Si vous avez vraiment besoin de moi le week-end, je serai disponible.

— C'est parfait ! déclara Danforth.

Puis, comme il ne disait plus rien, Katie demanda :

— Y a-t-il autre chose, monsieur Danforth ?

— *Ian*. Si vous insistez pour que je vous appelle Katie, alors moi, c'est Ian.

— Comme vous voudrez, concéda-t-elle en s'interrogeant sur les motifs de cette requête.

Bien qu'elle ne soit pas suspicieuse de nature envers les gens, elle n'en avait pas moins fréquenté des hommes de pouvoir toute sa vie. Et, en tant que femme de la famille Fortune, elle avait appris à se méfier de ceux qui franchissaient facilement la ligne entre affaires et plaisir.

Elle s'efforça de prendre un ton aussi sec et professionnel que possible, et poursuivit :

— Donc, je vous verrai demain matin, à 8 heures.

— Oui, c'est cela, confirma Ian d'une voix hésitante.

Katie se demanda si elle n'avait pas été un peu trop impérieuse… Elle avait employé le même ton que sa grand-mère lorsque celle-ci sermonnait une femme de chambre. Elle fit la moue, le cœur battant. Peut-être Danforth devinait-il qu'elle n'était pas celle qu'elle prétendait être ?

— 9 heures sera bien assez tôt, dit-il finalement. Préparez-vous à une rude journée. Nous aurons beaucoup à faire.

Après qu'il eut raccroché, Katie, les sourcils froncés, fixa le téléphone. D'accord, elle débutait dans le monde du travail, mais elle avait passé suffisamment de temps dans le bureau de son père pour savoir que les directeurs des entreprises de haut niveau n'appelaient pas les intérimaires pour mettre les horaires au point. Ils avaient du personnel qui s'occupait de ces détails terre à terre !

Alors, pourquoi Ian Danforth l'avait-il appelée ?

Elle soupira. La joie triomphale de cette journée s'était envolée, laissant place à l'inquiétude. Il lui faudrait être extrêmement vigilante pour ne pas dévoiler sa couverture ! Elle souhaitait si ardemment réussir, s'en sortir seule et loin de l'influence étouffante de sa famille. Loin de sa mère, qui la suppliait de penser au mariage bien qu'elle n'ait que vingt-deux ans !

D'ailleurs, plusieurs prétendants avaient déjà sollicité de Tyler Fortune la permission de courtiser sa fille. Mais elle n'était amoureuse d'aucun d'entre eux, et ne comptait pas se marier sans amour.

Elle soupira et alla étudier le contenu du réfrigérateur. Des œufs, du lait, du fromage, de la laitue en sachet. Eh bien ! Voilà de quoi faire une bonne petite omelette-salade ! Elle déjeunerait ici — et donc ferait des économies — puis se plongerait dans les dossiers apportés du bureau, ensuite regarderait éventuellement un peu la télévision, et se coucherait tôt. Elle n'avait pas l'habitude de se lever tôt le matin, mais demain, il lui faudrait ouvrir l'œil à 7 heures si elle voulait avoir le temps de se préparer sans être en retard à son nouveau travail.

Katie sourit. Cela n'allait pas être facile. Pas facile du tout, même. Mais c'était une aventure, et quelle aventure ! La *sienne* ! Et elle allait sacrément en profiter…

2.

— Vous avez fini de vous amuser, mademoiselle O'Brien ?

Katie planta un pied au sol, stoppant net la course de la chaise à roulettes. Elle était arrivée au bureau avec un peu d'avance et ne savait pas bien par quoi commencer : le téléphone restait muet et Ian Danforth, invisible.

Mais maintenant, il s'encadrait dans la porte, le regard aussi sombre qu'un ciel d'orage.

Katie se leva aussitôt, la tête lui tournant encore.

— Je testais le matériel, dit-elle aussi posément que possible.

— Cette chaise fonctionne très bien, répliqua Ian d'un ton sec.

— Euh, oui…

— Etes-vous prête à travailler, maintenant ? demanda-t-il.

Pas l'ombre d'un sourire sur ses lèvres ni dans ses yeux.

— Oui, affirma Katie qui s'éclaircit la gorge. Tout à fait prête.

— Bien. Apportez-moi mon planning du jour, ordonna Ian en désignant l'ordinateur. Il faudra également me sortir les dossiers des fournisseurs que je dois rencontrer la semaine prochaine. Et il y a tout ce qu'il faut dans le meuble là-bas pour préparer du café. Je le prends noir.

22

— Agenda, dossiers et café, répéta-t-elle en hochant gravement la tête tandis qu'il entrait dans son propre bureau. Tout de suite, monsieur !

Ce job s'annonçait facile comme tout, et lui servirait de fameuse expérience ! se dit-elle, tout en allumant l'ordinateur.

Bon, d'accord, le coup de la chaise était un peu puéril. Mais rigolo, non ? La vie, même au travail, ne devait pas forcément être toujours sérieuse et morne.

L'écran s'illumina. Malgré sa maîtrise de l'informatique, acquise à la maison et au cours de ses études, ce qui s'y afficha lui parut totalement inconnu.

Elle s'efforça d'ouvrir plusieurs fichiers, mais ils exigeaient tous un mot de passe. Or, pour autant qu'elle se souvienne, le dossier étudié la veille au soir n'évoquait rien à ce sujet. Une fouille des tiroirs ne lui apporta aucune aide.

Soudain, le téléphone bourdonna. Katie s'assit bien droite et adressa un large sourire à l'appareil. Son premier appel officiel ! Le cœur battant, elle décrocha.

— Danforth & Co, bonjour, ici le bureau de Ian Danforth, annonça-t-elle avec cérémonie.

— Avez-vous prévu de m'apportez mon planning du jour avant ce soir, mademoiselle O'Brien ?

Katie serra les dents, jeta un regard noir à l'écouteur, puis compta très lentement jusqu'à trois.

— J'ai un petit problème pour accéder à l'agenda. Cela me prendra encore une ou deux minutes.

Elle raccrocha aussi sec. Et fixa de nouveau l'écran en soupirant. Mais après quelques tentatives sur le clavier, il lui fallut se rendre à l'évidence : quoi qu'elle fasse, les mêmes mots rouge vif clignotaient : « accès refusé ».

— Sous le buvard.

Sursautant, elle releva la tête.

Ian s'appuyait au chambranle de la porte, sans veste, les manches de sa chemise blanche relevées et enroulées, dévoilant des avant-bras musclés.

— Gloria a laissé les codes d'accès sous le buvard. Pas la meilleure cachette, mais elle voulait être sûre que je ne me retrouve pas bloqué en son absence.

Maintenant qu'il en parlait, Katie se souvenait vaguement d'une histoire de buvard et de codes. Mais ce dossier contenait tellement d'informations à mémoriser d'un coup ! Sans parler du fait que travailler au côté d'un homme qui ressemblait autant à une image de magazine perturbait sérieusement la concentration...

Ian s'approcha d'elle et tendit le bras par-dessus son épaule pour récupérer les codes.

— Je m'en occupe, car je ne peux pas attendre, il me faut l'heure de mon premier rendez-vous immédiatement !

— Pas question, je vais le faire ! protesta Katie, faisant bloc de son corps tout en soulevant le buvard.

Elle en retira un petit bristol, mais Ian la fit rouler avec sa chaise sur le côté avant qu'elle n'ait pu lire les indications.

— Gardez ça pour plus tard, gronda-t-il. Je vais sortir mon planning moi-même. Si je vous laisse faire, cela risque de vous prendre toute la journée.

Alors, Katie vit rouge. Elle sentit une formidable colère l'enflammer.

Bondissant de sa chaise, elle s'interposa entre l'ordinateur et Ian dont elle repoussa la main d'un grand coup de hanche.

— C'est *mon* travail, et c'est *moi* qui vais le faire !

Puis elle le toisa, plantée juste devant lui, à le toucher.

Il recula d'un pas, lui jetant un regard mauvais. Il la dépassait de deux bonnes têtes, annonçait quarante bons kilos de muscles de plus qu'elle, et une ombre menaçante obscurcissait ses yeux noisette.

Mais elle s'en fichait. Elle ne se laisserait pas faire, ni par Ian Danforth, ni par sa famille ! Cela était hors de question.

— Retournez dans votre bureau, ordonna-t-elle. Je vous apporte une tasse de café et la liste de vos rendez-vous dans dix minutes. Vous pensez pouvoir patienter jusque-là ?

Ian Danforth semblait plus intrigué que fâché par son éclat. Sans un mot, il tourna les talons et rentra docilement dans son bureau.

Katie reprit son souffle. Bon sang ! Qu'est-ce qui lui avait pris de lui parler sur ce ton ? Elle n'était qu'une intérimaire ; il pouvait la virer d'un claquement de doigts ! Et après, où irait-elle ? L'agence pouvait très bien refuser de la placer ailleurs, si elle gâchait la première mission qu'on lui confiait…

D'accord, mais elle n'allait tout de même pas se laisser marcher sur les pieds !

Bon, le café, se dit-elle, ouvrant vivement les battants du meuble qui cachait une cafetière à filtre. Elle lui avait promis du café, et une tasse ne lui ferait pas de mal non plus. Dans sa précipitation pour arriver à l'heure, elle n'avait pas pris le temps de petit-déjeuner. Pourtant, le rez-de-chaussée de l'immeuble Danforth abritait un café qui semblait tout à fait sympathique.

Après qu'elle eut découvert la réserve de café D & D et les filtres, un puissant arôme s'échappa de la cafetière. Cela sentait divinement bon et elle mourait d'envie d'en avaler une tasse avant de servir son irascible patron… Mais elle se retint, pensant qu'il valait mieux ne pas exagérer !

Pendant que le café passait, elle tapa sur le clavier les codes indiqués sur le bristol, puis imprima l'agenda du jour. Toute fière, elle se complimenta d'un large sourire.

Quelques minutes plus tard, elle entrait dans le bureau de Ian, apportant sur un plateau un mug de porcelaine bleue empli de café odorant. Lui tournant le dos, son patron se tenait debout devant une grande fenêtre qui s'ouvrait sur la vieille ville. La vue portait loin sur les immeubles élégants, entrecoupés çà et là des éclats brillants de la rivière.

— C'est magnifique ! remarqua Katie en posant soigneusement le plateau et le planning.

Ian se retourna et posa son regard sur elle.

— Oui, murmura-t-il.

Pendant un moment, il sembla perdu dans ses pensées. Mais il se reprit soudain :

— Le printemps est ma saison préférée. Et là d'où vous venez, Katie, comment est le printemps ?

La question avait été posée de manière si anodine qu'elle répondit sans méfiance.

— Très chaud. En mai, c'est presque l'été en Arizona.

— Alors vous aurez du mal à vous faire à l'humidité d'ici, déclara-t-il en revenant vers son bureau. La chaleur du désert est très différente de la nôtre.

— Oui, probablement... Bon, je dois aller m'occuper des dossiers que vous m'avez demandés, maintenant, déclara-t-elle vivement.

Bien sûr, elle aurait pu mentir, dire qu'elle venait d'une autre région. Mais ce genre d'information était trop facile à vérifier. D'ailleurs, elle avait décidé de rester aussi proche que possible de la vérité pour ne pas compliquer les choses.

— Les dossiers peuvent attendre, objecta Ian. Où est votre tasse ?

— Je voulais vous apporter votre planning d'abord.

Il lança un coup d'œil à la feuille qu'elle lui avait donnée.

— Nous allons être occupés ici pendant un certain temps. Si vous voulez une tasse de café avant le déjeuner, vous feriez bien d'aller vous en chercher tout de suite.

— Je vous remercie, dit Katie en repartant vers son bureau.

Après avoir déniché un second mug, elle se servit à son tour. Comme elle ne buvait jamais de café noir, elle le compléta à son goût avec de la crème en poudre et du faux sucre, attrapa un bloc et retourna dans le bureau de Ian.

Concentré sur les papiers étalés devant lui, il ne lui accorda tout d'abord aucune attention. Katie ouvrit le bloc et attendit les ordres, sirotant distraitement son café

— Vous l'avez tué, n'est-ce pas ? lui demanda-t-il sans même lever les yeux.

La tasse s'arrêta à mi-chemin de ses lèvres.

— J'ai fait quoi ?

— Vous avez inondé le meilleur D & D qui soit avec des trucs chimiques. Cette horreur sent à travers toute la pièce !

— Je l'aime comme ça, répliqua-t-elle froidement.

Ian secoua la tête d'un air désapprobateur.

Katie se raidit dans son fauteuil et but posément une nouvelle gorgée. Puis elle passa à l'attaque.

— Vos employés ont-ils besoin de votre permission pour choisir ce qu'ils boivent ou mangent dans les locaux ?

Ian reposa son stylo, plaça ses deux mains bien à plat par-dessus les papiers étalés devant lui, et la regarda enfin.

— J'essayais simplement de vous éduquer, mademoiselle O'Brien.

— Katie, corrigea-t-elle avec une humilité feinte.

Puis elle avala une autre gorgée, rendue plus savoureuse encore par le plaisir de provoquer son vis-à-vis, et déclara :

— Pas mauvais, ce café !

Ian parut au bord de la syncope et articula, suffoquant presque :

— Pas mauvais ? C'est tout ce que mon café vous inspire ?

— Eh bien, oui. Riche arôme, belle densité… Mais j'en ai certainement bu de meilleur !

— Ça m'étonnerait ! rugit-il. Nous n'importons que des grains d'exceptionnelle qualité, issus des meilleurs plants de Colombie.

Et leur torréfaction est un procédé secret, connu uniquement de nos responsables de plantations.

— Vraiment ?

— Vraiment ! Et si vous cessiez de balancer des cochonneries dans votre tasse, vous seriez capable de faire la différence !

Katie sentit la moutarde lui monter au nez. Elle reposa sa tasse, le bloc, et se leva avec détermination.

— Je pense que je ferais mieux de m'en aller, maintenant.

— Où ça ? s'enquit Ian, dérouté.

— A l'agence Exé-Intérim, pour leur demander une autre mission. Les conditions de travail ici sont insupportables !

Elle se dirigea vers la porte, mais avant qu'elle ait pu l'ouvrir à la volée, Ian avait bondi de son fauteuil et s'était planté devant elle, lui barrant le passage.

— Qu'est-ce que ça veut dire, bon sang !

Rassemblant un mètre soixante-cinq de féminité outragée, Katie affronta son regard furieux.

— Cela veut dire, monsieur Danforth, qu'il y a une limite entre ce qu'on peut raisonnablement demander à un employé et le fait de s'immiscer dans sa vie personnelle.

— Mais je vous suggérais simplement de…

— Pas du tout ! lança-t-elle, les joues en feu. Vous m'imposiez comment boire mon café. Cela ne figure pas dans mes conditions de travail.

— Oh ! pour l'amour du ciel, ne soyez pas aussi susceptible ! murmura-t-il.

— Mais ce n'est pas un simple détail, insista Katie.

Elle se sentait de plus en plus énervée. Et, aussi, de plus en plus consciente du corps tout proche de Ian, de ses doigts autour de son bras, qu'il avait emprisonné sans doute pour l'empêcher de quitter la pièce. Elle tenta de chasser le trouble qui l'envahissait. En vain ! Elle ne parvint qu'à prendre toute la mesure de ce grand corps et de la chaleur qui s'en dégageait…

— On doit respecter les choix personnels de chacun, déclara-t-elle enfin, le menton relevé.

— Et la manière dont vous buvez votre café en est un ?

— Absolument ! affirma-t-elle, en le toisant de ses yeux verts étincelants.

Ian soupira et laissa retomber sa main.

— Bon, d'accord. Mais m'accorderez-vous une faveur ?

— Laquelle ? demanda Katie, un tantinet radoucie maintenant qu'il s'était rangé à son opinion.

— Si vous gâchez le café D & D, faites-le au moins avec des produits de bonne qualité. Ensuite, seulement, vous pourrez émettre un jugement !

Espèce de prétentieux, songea-t-elle. Ce type aurait dû naître deux siècles plus tôt… avec un sceptre à la main ! Incroyable que la secrétaire qu'elle remplaçait ait attendu une urgence familiale pour quitter le navire.

Elle fronça les sourcils, mais décida d'accepter sa proposition.

— Juste cette fois-ci, alors ! concéda-t-elle.

Comme elle allait remplir sa tasse, Ian la devança.

— Laissez-moi vous le préparer moi-même. Après, vous me direz si ce café diffère de votre mixture matinale.

Katie le regarda s'affairer. Il prit un petit carton de crème fraîche dans un mini-frigo, en versa une généreuse cuillerée dans la tasse, y ajouta un seul morceau de sucre de canne et remua le tout avant de compléter avec le café.

— Je prends au moins trois sucres dans un café aussi noir, objecta-t-elle.

— Cela ne sera pas la peine. Celui-ci est un mélange de grains naturellement doux. Trop de sucre en tuerait la saveur.

Seigneur ! Quel homme obstiné ! Mais il pouvait toujours courir s'il croyait qu'elle allait jouer les flagorneuses… Elle avait bien l'intention de lui donner son opinion en toute franchise, sur son satané café !

— Goûtez-le comme vous goûteriez un bon vin, conseilla-t-il en lui tendant le mug.

Katie prit une gorgée et fit rouler le liquide bien chaud autour de sa langue avant de le laisser couler dans sa gorge. Le café dévoila une texture de soie, relevée d'une pointe d'épices et de terre humide. A la deuxième gorgée, une légère vapeur odorante s'éleva vers son visage, caressant délicieusement ses narines d'une bouffée de noisettes sauvages.

— Juste ciel ! murmura-t-elle.

— Alors, qu'en pensez-vous, maintenant ?

Ian attendait son verdict, guettant l'expression de son visage. Son opinion lui importait, semblait-il.

— C'est… merveilleux, vraiment exquis. Je n'en ai jamais bu d'aussi bon !

Et pourtant, ses parents n'achetaient que les produits les plus raffinés, pour la plupart importés. Avant d'intégrer l'université, jamais elle n'avait bu de café provenant d'un quelconque supermarché. En fait, sa vie avait été un véritable cocon, à tous les points de vue ! Mais, bien entendu, comment Ian aurait-il pu le savoir ?

— C'est ce que vous vendez dans les boutiques D & D ?

— Entre autres, oui. Celui-ci est mon mélange préféré.

— Comme je vous comprends !

Elle finit d'un trait le reste de son mug, le tenant à deux mains le plus près possible de son nez, afin de mieux sentir l'arôme fabuleux qui s'en dégageait.

— Puis-je en avoir une autre tasse ? demanda-t-elle après la dernière gorgée.

— Mais bien sûr ! dit-il, manifestement ravi.

— Cette fois, je vais le préparer moi-même. Soyez sans crainte, je ne le tuerai pas, ajouta-t-elle en lui souriant.

Sous le regard attentif de Ian, elle versa soigneusement la même quantité de crème que lui, puis ajouta la moitié de la dose de sucre. Son mélange une fois terminé, elle prit une nouvelle gorgée avec gourmandise.

— Bien ! déclara-t-il alors. Je pense que nous pouvons dorénavant nous mettre au travail. A condition que vous acceptiez de rester à trimer sous le joug d'un dictateur...

Katie s'empourpra à la pensée qu'il ait deviné l'image qu'elle s'était faite de lui.

— Je n'ai pas dit cela, protesta-t-elle.

— Non, mais vous l'avez pensé.

Dès qu'il franchit la porte et qu'il se retrouva dans l'atmosphère feutrée du First City Club, Ian sentit la tension qu'il avait accumulée entre ses épaules pendant la matinée se relâcher. Il comprit alors combien les quelques heures passées avec sa secrétaire intérimaire avaient été éprouvantes. Katie avait une façon d'épuiser les gens…

Oh, bien sûr, elle avait écouté avec une attention polie chacune de ses demandes. Mais elle ne s'était pas privée de le reprendre à la moindre occasion : lorsqu'il lui avait réclamé le mauvais dossier, ou confié une liste de tâches qu'elle ne jugeait pas prioritaires… Le cerveau et le corps de cette fille fonctionnaient à deux cents à l'heure, dopés à Dieu sait quelle énergie ! Et il craignait fort que l'avoir convertie à un vrai café n'ait aggravé la situation…

Elle était tout simplement exténuante !

Dieu merci, il venait d'entrer dans l'un des lieux qu'il préférait au monde. Paul, l'impeccable maître d'hôtel du club le plus discret et le plus fermé de Savannah, l'accueillit en le saluant par son nom. Puis il l'escorta jusqu'à la table de son père, admirablement située près d'une fenêtre.

Abraham Danforth et Nicola Granville, la directrice de sa campagne électorale, s'y trouvaient déjà, en pleine discussion. Nicola partit soudain dans un grand éclat de rire, et Ian supposa qu'ils se moquaient tous deux de John van Gelder, l'adversaire de son père dans la course pour le Sénat.

Alors, la sensation familière se réveilla, comme un poids opprimant sa poitrine. La douloureuse amertume d'avoir rarement réussi à contenter son père, cet homme trop absent pendant son enfance. Cet homme que Ian aimait et respectait, mais qui se montrait toujours distant, voire froid…

En effet, si Abraham n'avait jamais privé ses enfants sur le plan matériel, il leur avait donné bien peu d'amour ! Devenu adulte, Ian comprenait mieux combien une carrière militaire, puis la perte d'une épouse très jeune, pouvaient endurcir le cœur d'un homme. Mais, enfant, il en voulait beaucoup à son père de passer si peu de temps avec lui, et ce sentiment ne l'avait jamais vraiment quitté…

Heureusement, son oncle Harold et sa tante Miranda avaient accueilli Ian, ses frères et sa sœur pendant les vacances scolaires, leur offrant ainsi une impression de famille, de foyer, qui les changeait agréablement des pensionnats où ils passaient leur vie quotidienne !

Aujourd'hui, des années plus tard, le chef d'entreprise aux tempes grises et au regard d'acier s'était engagé dans une bataille d'un tout autre genre…

Ian imaginait sans mal son père faisant un discours devant le Congrès, ou buvant une tasse de café avec le président des Etats-Unis ! Car Abraham était un leader-né et ferait tout pour pouvoir représenter sa Géorgie adorée au Sénat. Voilà pourquoi, en dépit de leurs relations difficiles, Ian le soutenait sans réserve pendant sa campagne électorale.

Il s'approcha de la table et Nicola, qui le vit en premier, lui sourit avant de tendre sa main.

— Heureuse de vous revoir, Ian !

Abraham salua son fils d'un mouvement du menton et de son habituel demi-sourire. Ian savait que son père pouvait être charmant lorsqu'il le voulait, mais sa famille avait rarement droit à des effusions chaleureuses.

— Content que tu aies pu nous rejoindre, dit-il. Assieds-toi, commandons et mettons-nous vite au travail.

— Ian, je vois que le chef propose aujourd'hui du thon grillé, votre plat préféré, si je ne m'abuse ! souligna Nicola en tapotant le menu.

— Formidable ! Mon choix est donc fait...

Si la courte carte changeait quotidiennement, le chef tenait souvent compte des goûts particuliers des membres qui avaient réservé, et les ajoutait à ses propositions du jour.

— Alors, Nicola, comment marche la campagne ?

— Nous sommes passés à la vitesse supérieure, répondit-elle, le regard excité. Un grand coup de publicité avec spots télévisés.

— Déjà ? N'est-ce pas un peu tôt ?

— Non ! Il faut frapper fort dès maintenant, présenter la candidature de votre père sous un angle positif. La presse a été bien trop négative pour nous, récemment.

Elle appuya ses propos en hochant la tête. Sa chevelure rousse semblait s'enflammer à la mesure de son discours passionné.

— Puisque nous le présentons comme Honest Abe II, l'homme en qui on peut avoir confiance, nous ne pouvons pas nous permettre que les médias sèment le doute.

— Mais papa n'est responsable en rien de ce qui est arrivé ces derniers temps ! objecta Ian.

— Personne ici ne prétend le contraire, Ian ! rétorqua Abraham avec une brusque impatience. Jetons plutôt un œil sur les chiffres que tu as apportés et voyons ce que nous pouvons en tirer.

Ian sentit le sol se dérober sous ses pieds. Il ferma les yeux un instant et poussa un énorme soupir.

— Bon sang ! Je les ai laissés au bureau !

Comment avait-il pu les oublier alors que c'était le but de son déjeuner avec son père ! L'image de Katie bondissant vers le meuble à café pour aller remplir sa tasse s'imposa aussitôt dans son esprit. Suivie d'une brusque sensation de chaleur, qu'il s'efforça de chasser.

— Pardon, je sais que vous vouliez étudier ces statistiques au cours du déjeuner. Vous savez, j'ai une secrétaire intérimaire depuis ce matin, et elle…

— Parfait, le coupa Abraham. Appelle-la et demande-lui de nous apporter le dossier tout de suite. Ça lui prendra dix minutes, pas plus.

— Mais je…

Ian n'osa imaginer Katie ici, au First City Club — le bastion de l'élite de Savannah, dans lequel les contrats commerciaux les plus importants étaient négociés en toute discrétion et où les hommes politiques nouaient des relations subtiles avec les notables locaux. Ce n'était vraiment pas un endroit pour une nymphette habillée au décrochez-moi-ça !

— Il y a un problème ? s'enquit Abraham.

— Non, admit Ian à contrecœur.

— Tant mieux. Alors, appelle-la.

Avec le sentiment d'une catastrophe imminente, Ian prit son téléphone portable et composa le numéro de son bureau.

Neuf minutes après avoir reçu l'appel de Ian, Katie sortait d'un taxi et jetait un rapide coup d'œil sur les immeubles imposants qui l'entouraient. Elle était déjà allée dans le genre de mecque du pouvoir qu'était le First City Club de Savannah ! Une cantine pour l'élite, songea-t-elle, nullement impressionnée de se trouver là.

Cela dit, l'endroit ne manquait pas de charme. La décoration était sobre mais élégante. Elle poussa la porte à tambour et dépassa, sans lui jeter un regard, un maître d'hôtel médusé. Celui-ci lui emboîta aussitôt le pas tandis qu'elle traversait le hall en trombe.

— Je peux vous renseigner, mademoiselle ? dit-il du bout des lèvres en considérant sa jupe noire surmontée d'une stricte blouse blanche.

Toute son attitude exprimait que, d'après lui, Katie s'était de toute évidence trompée d'entrée et qu'elle aurait dû pénétrer par la porte réservée au personnel.

Mais Katie avait déjà été confrontée à toutes les formes de snobisme, sans parler de celui qu'elle affichait elle-même, il fallait bien l'avouer ! Alors ce n'est pas un petit maître d'hôtel qui aurait pu l'arrêter…

Les épaules bien droites, le menton relevé, elle lui adressa un regard glacé.

— M. Danforth m'a demandé de lui apporter ce dossier.

L'homme tendit la main vers la serviette contenant les papiers, mais Katie la pressa contre sa poitrine.

— Je dois le lui remettre en personne, ajouta-t-elle en lui adressant un sourire contrit. C'est confidentiel.

Cette dernière et subtile précision fit son effet ; la confiance mise en elle la plaçait un cran au-dessus de lui. Cela suffit pour qu'il la considère comme une professionnelle et lui accorde une attention respectueuse.

— Mais bien sûr, mademoiselle. Je vais vous conduire immédiatement à la table de M. Danforth.

Puis il la guida à travers une grande salle de restaurant. Cela lui rappela une salle similaire, à Tucson, où s'était déroulée une réunion de famille. Elle n'y avait guère ouvert la bouche, les hommes monopolisant la conversation. Une raison parmi tant d'autres qui justifiaient sa fuite de l'Arizona pour trouver sa liberté ailleurs…

Enfin, à l'extrémité de la pièce, elle aperçut Ian attablé avec deux autres personnes. L'une d'entre elles était sans aucun doute son père. Il se tenait le dos très droit, et affichait une mine sévère. Son fils avait hérité de ses mâchoires carrées et de ses larges épaules. La femme à la chevelure rousse qui était assise entre les deux hommes semblait beaucoup plus jeune que Danforth senior, et infiniment séduisante malgré sa tenue professionnelle jusqu'au bout des ongles.

— Merci, mademoiselle O'Brien, déclara Ian, lui prenant le dossier des mains avant même qu'elle n'atteigne la table.

Ignorant délibérément le maître d'hôtel qui surveillait qu'elle ne s'attarde pas, Katie lui demanda si sa présence pouvait encore être utile. Elle sentait qu'Abraham l'étudiait avec attention, son regard revenant sur elle après être passé sur son fils.

Ian refusa vivement de la tête.

— Pourquoi ne pas demander à Mlle O'Brien de rester ? suggéra alors son père. Elle pourrait prendre des notes.

— Je ne pense pas que cela soit utile, objecta Ian, inquiet.

— Cela me paraît pourtant une bonne idée !

Sur ces mots, le vieil homme se leva, obligeant Ian à faire de même, sous peine de paraître impoli.

— Je suis Abraham Danforth, le père de Ian, au cas où vous ne l'auriez pas deviné puisque mon fils a omis de faire les présentations. Et voici Nicola Granville, responsable de ma campagne électorale.

— Ravie de vous rencontrer, monsieur, répondit Katie avec un sourire sincère. Ainsi que vous, madame Granville. Je resterai volontiers si je puis vous être utile.

Après une discrète grimace de triomphe à l'attention de Ian, elle prit place sur un siège libre.

Un serveur s'empressa de poser une serviette dépliée sur ses genoux.

— Oh, mais je ne déjeune pas, protesta-t-elle.

— Mais si, il le faut ! insista Nicola, cherchant du regard l'approbation d'Abraham. Après tout, cette jeune femme nous sacrifie son heure de déjeuner, n'est-ce pas ?

— Absolument, acquiesça Abraham avec un sourire éclatant.

Katie se fit la réflexion que c'était typiquement une marque de sympathie automatique de la part d'un homme politique prêt à charmer pour obtenir le maximum de votes.

— Je suppose que mon fils vous accorde de temps à autre le loisir de prendre un repas, mademoiselle ?

— Eh bien, je ne travaille pour lui que depuis ce matin, donc je ne sais pas bien…

— Papa, laissons Katie commander, et examinons ces chiffres en attendant nos plats ! le coupa Ian qui souhaitait en finir avec ce déjeuner.

— Avez-vous de quoi écrire ? s'enquit gentiment Nicola.

Katie n'avait bien sûr rien apporté en dehors du dossier, aussi accepta-t-elle volontiers que Nicola lui prête un bloc ainsi qu'un stylo marqué au slogan de la campagne.

Tandis qu'elle prenait des notes et grignotait, Ian ne la quitta pas des yeux. En fait, non seulement son père et Nicola commentèrent les fameuses statistiques, mais également les événements récents qui avaient touché leur famille, et donc entaché la campagne électorale. Bientôt, Katie fut tellement absorbée par la discussion qu'elle en cessa à la fois de manger et d'écrire. Ian se sentit aussitôt envahi des pires craintes. S'il y avait bien une chose qu'il avait apprise à propos de Katie depuis le matin, c'est que rien ne pouvait l'arrêter dès lors qu'elle se mettait à réfléchir.

— Vous avez noté ce dernier point ? lui demanda-t-il afin de la ramener à ce qu'on attendait d'elle.

— Pardon ! s'excusa-t-elle, reprenant son stylo qu'elle avait posé sur la nappe en lin damassé. Mais toutes ces histoires me fascinent tellement ! D'abord, le corps de cette pauvre femme. Ensuite une bombe dans l'immeuble même où je travaille… Vous croyez vraiment que quelqu'un vous traque, sénateur ?

Personne ne releva le titre quelque peu prématuré.

— On ne peut pas dire que la campagne ait débuté dans la facilité ! remarqua Nicola avec un demi-sourire sans joie.

— Je vous l'accorde ! opina Katie.

Ian tenta de la faire taire avant qu'il ne soit trop tard. En effet, si Abraham s'était montré particulièrement aimable depuis que Katie les avait rejoints, il supportait difficilement que des étrangers se mêlent des histoires familiales.

Et malgré un léger coup de pied sous la table qu'il lui lança, Katie poursuivit sur ce terrain dangereux.

— La presse a dû s'en donner à cœur joie avec tout ça !

Ian retint son souffle, s'attendant au pire. Les colères de son père étaient légendaires, il en savait quelque chose pour en avoir subi les foudres dans sa jeunesse…

Pendant un long moment, Abraham regarda gravement Katie, puis il hocha la tête avec un petit rire.

— Vous avez mis dans le mille, mon petit. Si nous ne trouvons pas un moyen de retourner ces ennuis à notre avantage, la presse risque de ficher ma campagne par terre !

Katie but pensivement une gorgée de vin, tout en fronçant les sourcils.

— Il faudrait peut-être prendre des mesures plus radicales…, remarqua-t-elle.

— Katie, vous ne pouvez pas comprendre la complexité de tout cela, objecta Ian, mettant le verre de vin hors de sa portée.

— Laisse-la parler, coupa Abraham, une main posée sur le bras de son fils. Continuez, mon petit.

— Eh bien, je crois que les gens ne peuvent pas prendre la découverte d'un cadavre à la légère, n'est-ce pas ?

— Cette affaire reste tragique, mais ce n'est pas un meurtre comme a bien voulu l'imaginer la presse, au début ! souligna Nicola.

Katie hocha la tête avant de poursuivre.

— Un vrai drame, mais qui ne vous pose pas moins problème. Donc, si vous ne pouvez pas effacer ce mauvais événement, ni le transformer une bonne nouvelle, tout ce que vous pouvez faire, c'est détourner l'attention des gens.

— Détourner leur attention ? Ah oui, et comment ? demanda Abraham, ironique. Par un tour de passe-passe ?

Katie sourit et allongea le bras devant Ian pour récupérer son verre, qu'elle porta ensuite à ses lèvres.

— En quelque sorte, oui.

Ian craignit le pire.

— Vous devriez fournir à la presse une meilleure histoire à commenter, suggéra Katie.

— Elle a raison ! s'exclama Nicola, frappant le bord de la table d'une main. Si un journaliste tombe sur un sujet plus juteux, quelque chose qui retienne son attention assez longtemps, il oubliera les vieux potins et suivra une autre piste !

Les yeux mi-clos, Abraham observa attentivement Katie.

— Vous avez une idée en particulier, jeune fille ?

Pour la première fois depuis qu'elle était entrée dans le club, Katie se troubla un peu.

— Il faudrait que j'y réfléchisse, répliqua-t-elle. Après tout, je ne suis ici que pour prendre des notes, pas vrai ?

Juste ciel ! soupira Ian intérieurement. A l'instant, elle était la conseillère du patriarche, puis elle redevenait brusquement une modeste petite secrétaire. Cette fille avait-elle donc une double personnalité ?

Nicola adressa à Katie un de ces sourires de complicité féminine que Ian détestait tant, car ils annonçaient généralement des ennuis. Il s'efforça de croiser le regard de son père, afin de former tous deux une ligne de défense masculine. Mais Abraham étudiait les jeunes femmes avec un sourire amusé. Puis il s'adressa à Katie.

— Je pense que vous tenez là une idée intéressante, mademoiselle O'Brien. Merci de votre perspicacité !

Ian leva les yeux au plafond et capitula.

*
* *

— Vous avez réussi un sacré coup, tout à l'heure, maugréa-t-il un peu plus tard, en route vers le bureau.

— Que voulez-vous dire ? demanda nerveusement Katie.

L'irritation de Ian ne lui avait pas échappé durant sa conversation avec son père et Nicola Granville. Pourtant, elle n'avait pas eu l'intention d'outrepasser son rôle de secrétaire ! Mais il aurait été incorrect de refuser de rester si Abraham Danforth lui-même requérait sa présence, non ?

— Ce que je veux dire, reprit Ian, pesant soigneusement chaque mot, c'est que je peux compter sur les doigts d'une seule main les personnes capables de séduire mon père !

— Oh ! mais je n'ai fait que...

— Allons ! Ne prétendez pas ne rien avoir remarqué ! Vous lui avez souri, et il a fondu comme neige au soleil...

Katie haussa les épaules.

— Je me suis contentée de lui faire une ou deux suggestions, voilà tout ! En fait, c'est plutôt Mme Granville qui captive l'attention de votre père, si vous voulez mon avis.

— Nicola ? Evidemment, elle est sa responsable de...

— ... de campagne dans sa course au Sénat, oui, je sais.

Elle se tourna vers lui et insista :

— Vous n'avez pas remarqué, je ne sais pas, un truc un peu... électrique, entre eux ?

— Non, répondit Ian sèchement, que cette simple idée choquait profondément.

— Même pas un tout petit peu ?

— Ecoutez, Nicola est une pro. Jamais elle ne s'embarquerait dans une liaison avec un client. Quant à mon père, comme la plupart des marines à la retraite, il se focalise sur sa prochaine bataille, qui, cette fois, sera politique. Alors, il ne va pas gaspiller son énergie à penser aux femmes. Croyez-moi, je le connais bien, ajouta-t-il, sans parvenir à masquer son amertume. Rien ne peut le distraire lorsqu'il se fixe sur un objectif...

— Ce ne serait pas la première fois que la politique et les femmes partagent le même lit, objecta Katie.

— Vous ne savez pas de quoi vous parlez ! Papa et Nicola... c'est tout simplement insensé !

— Si vous le dites...

Katie se détourna vers la fenêtre, afin que Ian ne voie pas son sourire. Qu'il était facile de le rendre chèvre. Et amusant ! Presque aussi amusant que de taquiner ses frères ! Sauf que, cette fois-ci, sa victime ne se vengerait pas en cachant ses poupées...

Elle lui jeta un regard furtif. C'était un bel homme, grand, fort... Il devait certainement entretenir régulièrement sa forme.

Elle repensa à son père, brillant athlète dans sa jeunesse, qui avait installé une salle de gymnastique complète dans la maison bâtie pour sa femme à la lisière du désert, la terre sacrée des Indiens qui avait vu naître leur amour... Katie se souvenait vaguement d'une légende à propos d'une grotte mystique, dans laquelle les amoureux se fondaient en un seul esprit. Et un seul corps, également, supposait-elle. Comme c'était romantique !

Et Ian, était-il romantique, lui ? se demanda-t-elle. Sa chevelure brune et ses yeux sombres lui donnaient un charme indéniable... Ses lèvres pleines lui dessinaient une bouche sensuelle, attirante, faite pour prononcer des mots d'amour ? Des mots capables de bouleverser le cours de sa vie, peut-être ?

Sentant son visage s'empourprer, Katie se détourna vivement et ramena ses pensées vers un terrain plus neutre.

— Eh bien, c'est dommage qu'il n'y ait rien entre eux, je trouve, soupira-t-elle. Ils formeraient un beau couple...

— N'y pensez plus ! Votre tâche consistait à prendre des notes, rien de plus. Veuillez les taper dès notre arrivée au bureau, puis donnez-les-moi. Je veux réfléchir à la campagne de mon père à la lumière de tout ce qui s'est passé.

Katie se tourna de nouveau vers lui pour l'observer.

— Vous lui ressemblez beaucoup, vous savez ?

Au cours du silence qui suivit ses paroles, elle se demanda si Ian était fâché. Puis elle vit son expression se radoucir.

— Vous trouvez ? demanda-t-il enfin.

— Mmm… Quelque chose dans les yeux. Dans la carrure. Et certains gestes, aussi.

Il éclata de rire.

— Je me demande par quel mimétisme. Lorsque j'étais enfant, il était trop souvent absent pour que je puisse copier ses mimiques…

— Il a beaucoup voyagé lorsqu'il faisait partie de son commando de marines ?

— Oui. Et après aussi. Lorsque maman est morte dans un accident de voiture à l'âge de vingt-neuf ans, notre cher papa nous a tous envoyés en pension. En fait, nous passions presque toutes nos vacances avec mon oncle et ma tante à Crofthaven Manor. Ce sont eux qui nous ont élevés, pour ainsi dire.

— Je suis désolée, murmura Katie.

Vivre sans ses proches, en particulier sans sa mère, lui semblait impensable. Et pourtant, elle était ici, volontairement séparée de ceux qu'elle aimait et qui l'aimaient. Comme c'était étrange, songea-t-elle. Mais quelque chose de très profond la poussait à rechercher une vie bien à elle…

— Grandir sans parents n'a pas dû être facile, j'imagine ?

Ian haussa les épaules, mais ses yeux trahissaient sa douleur.

— Tout ça, c'est le passé…

« Vraiment, Ian ? »

— De plus, enchaîna-t-il, mes frères, ma sœur, mes quatre cousins et moi avons connu de grands moments ensemble ! Et aujourd'hui, lorsque nous nous retrouvons, nous formons tous une grande et joyeuse famille…

Il souriait, comme pour mieux prouver que le passé ne lui posait aucun problème, et il ajouta en la regardant droit dans les yeux :

— Il n'y a rien de plus à en dire.

Le sujet était clos, comprit Katie. Ian voulait lui donner une image chaleureuse de son enfance. Mais Katie savait fort bien que cela ne remplacerait jamais les liens d'affection qu'il avait recherchés, en vain, auprès de son père...

Dès qu'ils parvinrent au bureau, Ian laissa Katie taper les notes qu'elle avait prises au cours du déjeuner. Il redescendit deux étages et franchit la porte ouverte de sa directrice du personnel. Holly sourit à son entrée.

— Alors, Ian, comment s'en sort votre secrétaire ?

— Le bilan est mitigé..., répondit-il.

— Il y a un problème ? s'étonna Holly. Elle m'a paru tout à fait charmante et très intelligente, non ?

— Là n'est pas la question, répliqua Ian, cherchant une raison qui paraisse valable. Je pense qu'elle est beaucoup trop qualifiée pour ce poste.

— Beaucoup de gens fraîchement diplômés font un peu d'intérim, pour trouver leur voie dans le monde du travail, c'est normal, vous savez.

— Je sais bien, dit-il, fourrageant dans sa tignasse brune.

Bon sang ! Il ne pouvait tout de même pas avouer le besoin urgent qu'il ressentait de mettre de la distance entre Katie et lui !

— Peut-être s'agit-il d'une incompatibilité de caractères ? Elle ne se comporte pas comme... comme une *employée*, vous voyez ? Elle discute mes ordres, prend des initiatives... Elle va même jusqu'à conseiller mon père !

— J'aurais voulu voir ça ! s'esclaffa Holly.

— Ça valait le coup ! admit-il, incapable de réprimer un sourire. Vous avez épluché son CV, non ? Qu'avez-vous appris ?

— Rien de particulier, dit Holly en parcourant le dossier qu'elle avait ressorti. Licence d'anglais. Quelques stages d'été dans une grosse entreprise de construction, comme employée de bureau. Puis des remplacements à la réception.

— Où ça ?

— En Arizona, je crois. Peut-être l'agence d'intérim aurait-elle plus de renseignements à son sujet ?

— Rien sur sa famille ? L'endroit où elle a grandi ?

— Pourquoi demandez-vous cela ? s'enquit Holly en fronçant les sourcils.

— Je ne sais pas. Mais quelque chose ne colle pas chez elle, et cela m'intrigue depuis hier. Son comportement n'est pas celui d'une ancienne étudiante issue d'une petite ville de province. Elle a beaucoup trop d'assurance…

— En fait, ce que vous voulez dire, c'est qu'elle ne sursaute pas dès que vous faites « bouh ! » dans son dos, et ça vous énerve, hein ?

— Bon, cette fille est votre sœur et vous me l'aviez caché, c'est ça, Holly ? dit-il en lui jetant un regard sombre.

— Dieu merci, vous avez le sens de l'humour ! Sinon, je serais au chômage depuis longtemps…

— Pas de danger, soupira-t-il. Vous faites trop bien votre travail pour que je vous laisse partir !

Holly sourit, referma le dossier qu'elle tapota pensivement avant de poursuivre.

— Ecoutez, Ian. Si vraiment vous ne vous entendez pas avec Mlle O'Brien, je vais redoubler d'efforts pour vous trouver une assistante définitive. Ainsi, lorsque nous annoncerons à l'agence d'intérim que nous n'avons plus besoin d'elle, cela ne lui portera pas préjudice. De toute façon, la mission portait sur un mois au maximum, le temps de trouver une remplaçante à Gloria. D'accord ?

— D'accord. Plus vite elle partira, mieux cela vaudra.

Ian se demanda s'il n'était pas injuste. Oui, c'est vrai que Katie le contrariait. Oui, elle avait un caractère difficile et le perturbait sans qu'il comprenne pourquoi. Elle dégageait un certain mystère, ce qui le tracassait au plus haut point, car il ne pouvait mettre le doigt dessus. D'un autre côté, elle le motivait, le poussait à réfléchir autrement. Elle lui apportait une énergie nouvelle… et il en avait diablement besoin ! Et puis, elle était agréable à regarder. Peut-être même trop, d'ailleurs…

Mais il sentait que cette jeune femme allait lui causer des ennuis, un jour. Elle était un franc-tireur. Son comportement lors du déjeuner l'avait amplement prouvé. Or, les Danforth avaient déjà suffisamment de problèmes pour qu'elle ne vienne pas les aggraver…

4.

Jurant silencieusement, Ian raccrocha le téléphone. Sa cavalière pour le banquet de ce soir venait de lui faire faux bond. En soupirant, il pressa le bouton de l'Interphone sur son bureau. Puis il éloigna son fauteuil de l'immense table d'ébène, prit une profonde inspiration, et tourna son regard vers la fenêtre, afin de chasser sa mauvaise humeur.

En cette saison, le quartier historique de Savannah éclatait de mille couleurs : camélias crémeux, roses cramoisies et lavandes mauves dessinaient un décor à la Monet le long des rues anciennes. Un peu plus loin, les chênes centenaires du parc déployaient leur parure vert tendre, tandis que les magnolias et les bougainvillées tendaient leurs corolles gracieuses vers le ciel. La circulation, assourdissante dans la plupart des grandes villes, était ici presque inaudible. En effet, certaines rues étaient interdites aux voitures, pour permettre le passage des calèches traditionnelles. Un soleil radieux brillait dans l'azur profond de ce ciel du Sud.

Malgré tout, la vie était belle, songea-t-il. En tout cas, elle redeviendrait belle, un jour.

— Monsieur, vous m'avez demandé de venir ?

Ian se retourna vers Katie, dont le visage anxieux s'encadrait dans la porte du bureau.

— Qu'ai-je encore fait ? demanda-t-elle.

Une semaine s'était écoulée depuis son arrivée, et Katie était toujours là. En dépit de tous ses efforts, Holly n'avait encore trouvé aucune assistante qui convienne à Ian. Il avait refusé toutes les candidates qu'elle avait présélectionnées…

Il se demandait s'il ne cherchait pas inconsciemment chez ces jeunes femmes des défauts qui n'existaient pas. Et pourtant, il voulait réellement que Katie sorte de sa vie et de son bureau. Elle bouleversait son quotidien et sa présence rendait toute concentration sérieuse impossible ! Il était bien trop conscient du corps de la jeune femme, de ses attitudes, par exemple la manière dont elle se déhanchait légèrement en lui tendant un dossier… Ou bien lorsqu'elle s'asseyait, le dos très droit, ce qui faisait ressortir la pointe de ses petits seins exquis. Ou encore, lorsqu'elle passait le bout de la langue sur sa lèvre supérieure, d'un air appliqué, penchée sur son bloc, ce qui faisait cascader ses cheveux sur ses joues si lisses…

Bon sang ! Comment travailler efficacement dans ces conditions ? Jamais ce genre de problème ne s'était posé auparavant avec aucune autre secrétaire.

— Cela n'a rien à voir avec vous, Katie, lui répondit-il. Pour une fois…

Il ferma les yeux et pressa sa main sur son front.

Katie poussa un énorme soupir qu'il pensa exagéré.

— Ouf ! Quel soulagement ! dit-elle.

Mais en voyant son air sincèrement coupable, Ian se demanda si elle n'avait pas pris une initiative qu'il n'avait pas encore eu la surprise de découvrir… Par exemple, trois jours plus tôt, lorsqu'il était arrivé le matin dans son bureau, il ne l'avait pas reconnu. Katie avait, sans le consulter, déplacé tous les meubles dans son bureau.

La nouvelle disposition était bien plus conforme aux règles du *feng shui* ! lui avait-elle assuré avec un grand sourire…

Et la veille, elle lui avait servi un muffin avec de la confiture, à la place du bagel au fromage qu'il prenait habituellement avec son café ! Moins calorique, avait-elle argué. Comme si ce qu'il mangeait la regardait le moins du monde ! Qu'avait-elle bien pu inventer, cette fois-ci ?

— Pourquoi m'avez-vous appelée, alors ? insista-t-elle.

Ian se leva et foula nerveusement le précieux tapis.

— Vous pouvez peut-être me rendre un service, dit-il.

— Vraiment ?

L'enthousiasme de Katie le fit frémir. Jusqu'ici, il avait soigneusement évité de lui confier des tâches importantes car, apparemment, elle ne pouvait s'empêcher d'aborder chaque travail d'une manière dangereusement personnelle !

— Oui. Venez vous asseoir.

Tandis que Katie traversait la pièce, Ian se surprit à suivre du regard ses longues jambes. Bien qu'elle ne soit pas très grande, son torse mince et ses membres interminables donnaient l'impression du contraire.

— J'ai un problème, annonça-t-il en détournant les yeux.

— Ah bon ?

— Oui. Il y a ce soir un banquet au profit des sans-abri de Savannah et des environs au Twin Oaks, le country-club de mon père. Cette soirée est prévue depuis des mois. Ma présence, enfin, celle de toute ma famille est indispensable pour la campagne électorale de mon père. Nicola pense que faire preuve de charité s'impose, et je suis d'accord avec elle.

— Et alors ?

Katie croisa les jambes et le cœur de Ian fit un bond. Il s'éclaircit la gorge et pivota vers la fenêtre, loin de l'ombre aperçue entre les cuisses fuselées.

— Et alors, lança-t-il courageusement, la personne qui devait m'accompagner vient de se désister.

Le long silence qui suivit l'obligea à se retourner. Les sourcils froncés, Katie tripotait l'ourlet de la stricte jupe de coton noir qu'elle portait presque tous les jours.

— Etes-vous en train de me demander de la remplacer ? De jouer le rôle de votre petite amie ?

Ian laissa échapper un rire nerveux et comprit que la proposition qu'il venait de faire, de manière impulsive, à sa secrétaire était une mauvaise idée.

Une très mauvaise idée, mais il était trop tard pour reculer, sous peine de passer aux yeux de Katie pour le dernier des goujats.

— Eh bien, pas vraiment de petite amie, plutôt d'hôtesse, corrigea-t-il, juste pour être à table à mon côté…

Les yeux de jade de Katie s'assombrirent, présageant l'arrivée d'une tempête dont il ne comprenait pas l'origine.

— Il s'agit d'une soirée plutôt huppée ?

Sur ses gardes, Ian se contenta d'acquiescer d'un hochement de tête.

— Et vous porterez… ? poursuivit Katie, lèvres pincées.

— … un smoking, compléta-t-il avec impatience. Alors, vous pouvez m'accompagner, oui ou non ?

Dans l'espoir d'apaiser la tension qu'il sentait monter chez sa secrétaire, il ajouta :

— Eh ! C'est un repas à l'œil !

Katie se leva et, en deux enjambées involontairement sensuelles, vint se planter devant lui. Elle posa les mains sur ses hanches et, le fixant droit dans les yeux, dit sèchement :

— Vous avez un sacré culot et vous êtes d'une telle arrogance… monsieur Danforth.

Sous la violence des propos, Ian recula d'un pas.

— Je ne vous demande rien de plus que m'accompagner à une soirée tout à fait respectable…

Les joues en feu, le regard furibond, Katie éclata.

— Ah, les hommes ! Surtout les hommes comme vous, riches et puissants… Vous croyez pouvoir dicter la vie du commun des mortels d'un simple claquement de doigts !

Seigneur ! Pourquoi cette colère soudaine ? Une simple invitation ne pouvait pas avoir déclenché pareil emportement, si ? Qui donc l'énervait à ce point ? se demanda Ian.

Il lui adressa un sourire qu'il espérait conciliant.

— Mademoiselle O'Brien, je n'ai pas voulu vous offenser. J'ai simplement cru que vous apprécieriez de…

— Vous avez cru que j'aimerais coller à vos basques, vous dans votre smoking hors de prix, moi dans ma petite robe en Nylon bon marché, c'est ça ?

— Je suis désolé, bredouilla Ian. Je crois que je ne comprends pas bien ce que j'ai pu…

— Evidemment, que vous ne comprenez pas ! siffla Katie, le regard noir. Comment osez-vous demander à une employée de venir à une soirée habillée alors qu'elle est incapable de s'offrir une tenue convenable, vu ce que vous la payez ?

Ian voulut reprendre l'avantage et s'enfonça un peu plus.

— Ecoutez, Katie, techniquement parlant, ce n'est pas Danforth & Co qui vous emploie et donc qui vous rémunère. C'est l'agence d'intérim qui verse votre salaire.

Katie battit l'air d'une main énervée et Ian crut plus sage de reculer encore d'un pas.

— Lequel salaire est même inférieur à celui de votre réceptionniste, je l'ai vérifié ! souligna-t-elle en pointant un index sévère en direction de son torse. Mais là n'est pas le problème. Vous pensez vraiment qu'une femme qui gagne deux dollars de plus que le salaire minimum va en claquer deux mille dans une robe qu'elle ne portera qu'une fois ?

Sans prendre le temps de se demander dans quels magasins Katie avait pu lire des étiquettes affichant des montants à trois zéros, Ian se confondit en excuses.

— Vous avez entièrement raison. Je suis absolument désolé, vraiment. C'est très maladroit de ma part. Pardonnez-moi. Oubliez que je vous ai demandé une chose pareille.

Elle cligna des yeux puis les baissa vers le tapis à fleurs.

— Aucune importance, marmonna-t-elle brusquement radoucie. Combien coûte le ticket d'entrée ?

— Mille dollars.

— Pas mal ! J'espère qu'ils ramasseront beaucoup d'argent. Tout le monde devrait avoir un toit.

Elle s'apprêtait à sortir mais, la main sur la poignée de la porte, elle se retourna, faisant valser ses cheveux. Elle le regarda, les joues encore roses de colère, et mordilla sa lèvre inférieure avant d'ajouter dans un souffle :

— Et j'espère aussi que vous trouverez quelqu'un qui ait les moyens de vous accompagner ce soir.

Avant qu'elle ait refermé la porte, Ian l'avait rattrapée.

— Attendez !

Lorsque Katie pivota pour lever les yeux vers lui, une onde de désir le traversa. Stupéfait, paralysé par l'intensité inattendue de cette sensation, il demeura quelques instants pétrifié, incapable de dire un mot.

— Oui, monsieur ?

— Je… Attendez une minute, vous voulez bien ? Laissez-moi juste passer un coup de fil, d'accord ?

Dix minutes plus tard, après avoir pris rendez-vous dans la boutique la plus chic de la ville, il attrapait le bras de Katie et la conduisait vers l'ascenseur en lui expliquant qu'ils allaient faire du shopping.

— C'est absolument ridicule, gémit-elle.

— C'est pour une bonne cause, comme je vous l'ai dit. Et c'est moi qui vous l'offre.

En outre, l'idée de voir Katie dans une robe moulante semblait à Ian tout à fait fascinante — à ne manquer à aucun prix, quel qu'en soit le montant.

Katie pénétra dans la salle de bal du Twin Oaks au bras de Ian, puis parcourut l'assistance d'un regard nerveux. Non que ce genre de soirée huppée, à laquelle assistaient des centaines de membres du gratin de Savannah, soit une nouveauté pour elle. Mais elle était terrorisée par les photographes qui prenaient cliché sur cliché : si une seule photo de presse atteignait l'Arizona, sa famille saurait où la retrouver ! Sa nouvelle couleur de cheveux ne serait pas suffisante pour tromper ses parents ou ses proches.

Elle baissa la tête en suivant Ian qui dépassait un jeune homme brandissant son appareil.

— Quelque chose ne va pas ? demanda-t-il, intrigué.

— Non, non ! Simplement, je ne me sens pas à mon aise sans mes lunettes. Je n'aurais pas dû les laisser chez moi.

Elles n'étaient qu'un élément de son déguisement, mais Katie se sentait bien moins exposée en les portant !

— Vous avez dit que vous n'en aviez pas besoin, sauf pour lire, pas vrai ?

— Si, mais je…

— Vous êtes superbe sans, chuchota Ian, si près de son oreille qu'elle en frissonna. D'ailleurs, je m'étonne que vous ne portiez pas plutôt des lentilles de contact…

S'il savait que les verres de ses lunettes n'étaient pas correcteurs, Ian aurait eu de quoi s'étonner bien davantage !

— Et votre robe vous va à ravir, ajouta-t-il.

De fait, la tenue de Katie semblait attirer l'attention de nombreux invités. Son choix s'était porté sur une magnifique tunique longue de soie écarlate à très fines bretelles, qui moulait son corps mince avant de venir caresser ses chevilles. Et qui dévoilait son dos autant que la décence le permettait. D'après la vendeuse de la boutique, ce rouge flamboyant soulignait magnifiquement sa chevelure auburn.

— Merci pour le compliment, répliqua Katie avec sincérité, et pour la jolie robe. Je l'adore !

Mais en remarquant le regard insistant de plusieurs convives, elle se demanda si elle n'aurait pas mieux fait de choisir quelque chose de plus discret…

— Tant mieux, elle vous va à ravir.

— Que suis-je censée faire, à part sourire et manger ? demanda Katie, pour détourner l'attention minutieuse que Ian semblait porter à sa robe.

— Rien de plus. Je vais vous présenter à ma famille. Nous avons réservé deux tables. Puis mon père fera un discours sur notre responsabilité de citoyens à l'égard des gens dans le besoin — les sans-abri, les chômeurs, les enfants abandonnés… Toutes d'excellentes causes que la famille Danforth a toujours défendues.

Katie leva les yeux vers Ian. L'expression de son visage était grave, ses paroles teintées d'une véritable compassion. Elle sentit qu'il était sincère.

— Ainsi, votre père veut que les électeurs sachent qu'il s'investit dans les problèmes des sans-abri ?

— C'est la raison de notre présence ici.

L'éducation que Katie avait reçue portait sur les mêmes valeurs, et elle était fière de la contribution des Fortune à la société. Aussi décida-t-elle à cet instant de consacrer sa soirée à convaincre chacun du dévouement d'Abraham.

Heureusement, les discours furent brefs. L'allocution simple et éloquente d'Abraham Danforth dénotait l'esprit généreux d'un grand homme. Katie fut impressionnée, et elle vit dans les yeux de Ian une lueur d'approbation, comme si lui aussi, au même titre que le reste de l'assistance, découvrait son père d'un regard neuf.

Quant au repas délicieux, il justifiait presque le prix demandé. Le dîner terminé, tous les convives se levèrent et se mêlèrent pour bavarder. Katie suivit Ian parmi la foule, saluant les uns et les autres. Lorsque quelqu'un abordait les ennuis récents de la famille Danforth, Katie ramenait habilement la conversation sur la raison du gala.

Dès que l'occasion se présenta, Ian lui prit la main et, l'attirant dans un coin, l'interrogea avec curiosité :

— Où donc avez-vous appris à être aussi diplomate ?

Comment lui expliquer que, toute sa vie, elle avait vu ses parents et ses grands-parents organiser des dîners de charité ? Que toute son éducation l'avait préparée à une vie mondaine ? Elle s'en tira avec une demi-vérité.

— Avec deux frères tyranniques, on apprend à faire la paix, sous peine de se faire tabasser.

— Ça m'étonnerait que vos parents les aient laissés vous frapper ! objecta-t-il en riant.

— Oh non ! Mes frères ont appris très tôt que lever la main sur une fille était défendu, et leur vaudrait une punition immédiate. Mais ils ont inventé d'autres façons de me martyriser…

— Ils vivent toujours en Arizona ?

— Euh… oui, ils sont restés là-bas, bredouilla Katie, que la question avait prise au dépourvu.

— J'aimerais bien rencontrer vos frères, un de ces jours ! poursuivit Ian en souriant. Comment s'appellent-ils ?

Le terrain devenait glissant… Katie était prise à son propre piège ! Seigneur ! Comment sortir de ce mauvais pas sans mentir ?

Soudain, son attention fut attirée par un mouvement dans le fond de la salle : Abraham passait près d'une table lorsqu'un homme l'arrêta en tirant sur sa manche. Le geste avait quelque chose d'insistant, de menaçant, même ! Un sourire pincé sur les lèvres, il prononça quelques mots, et, malgré l'éloignement, Katie sentit le père de Ian se crisper.

— Qui est-ce ? demanda-t-elle à Ian qui suivit son regard.

— L'homme qui parle à papa ?

— Oui, et celui qui est assis à côté de lui…

Ian plissa les yeux et murmura, les dents serrées :

— Bon sang ! Comment ont-*ils* bien pu entrer ici ?

— Mais qui sont-ils donc ?

— Jaime Hernandez est un Colombien, fournisseur de café. L'homme qui tient le bras de mon père se nomme Ernesto Escalante. Il a cherché à m'obliger à acheter le café d'Hernandez…

— Pourquoi fait-il cela ? insista Katie, suivant Ian qui louvoyait entre les tables en direction du petit groupe.

— Bonne question ! D'après les informations que nous avons recueillies, je crois bien qu'Escalante est le personnage-clé d'un cartel qui vend des substances illicites.

— Vous voulez dire qu'il est un baron de la drogue ?

— Oui. Mais s'il espère blanchir son argent avec Danforth & Co, il va être déçu !

Ils étaient parvenus au milieu de la salle. L'heure tardive avait éclairci les rangs de l'assistance, facilitant considérablement leur avancée. Ian se mit à courir, et Katie releva sa jupe pour parvenir à se maintenir à sa hauteur.

— Pourquoi ne leur dites-vous pas de s'en aller ? demanda-t-elle, tout essoufflée.

— Nous l'avons fait. Ils n'en tiennent pas compte.

La fureur emplissait les yeux de Ian. Katie eut un frisson et, sans réfléchir, agrippa sa main afin qu'il ralentisse le pas.

— Attendez un instant ! Sont-ils dangereux ?

— Je n'en sais rien, répondit-il sans interrompre sa course, traînant Katie dans son sillage. Mais je sais qu'ils n'ont rien à faire ici, et qu'ils vont bientôt quitter les lieux…

Puis il lui lâcha la main et lui ordonna de rester là.

Katie obéit et regarda, le cœur battant, Ian franchir les derniers mètres à longues enjambées. Non qu'elle craigne pour lui, car il saurait se défendre ! Et Abraham, ancien marine, n'était pas de ceux qui reculeraient devant un affrontement ! Mais elle devait empêcher à tout prix que, quoi qu'il se produise ensuite, cela n'attire l'attention de la presse. Et ce, autant pour Abraham que pour elle-même…

Si un journaliste malveillant détournait l'incident et le présentait sous un éclairage du style : « Honest Abe fait la fête avec les seigneurs de la drogue », sa campagne en pâtirait à coup sûr…

Après un rapide coup d'œil aux alentours, Katie repéra un homme de haute taille, à la mine sérieuse. Malgré son smoking de location qui le fondait dans l'assistance, elle fut certaine qu'il s'agissait d'un agent de sécurité. Durant son enfance, elle s'était fait de nombreux amis parmi les gardes du corps de son père. Qui, plus tard, avaient parfois fermé les yeux lorsqu'elle s'échappait pour aller chez une copine…

L'homme semblait n'avoir encore rien remarqué. Katie le rejoignit et lui chuchota quelques mots à l'oreille. Moins d'une minute plus tard, trois autres athlètes, appelés par radio, les avaient rejoints, et ils se précipitaient tous vers le groupe formé par les Danforth et les Colombiens.

— Pouvons-nous vous être utiles, monsieur ? demanda le plus âgé de l'équipe d'un ton nonchalant.

Ian leur jeta un regard d'abord surpris, puis soulagé.

— Mon père était simplement en train d'expliquer à ces messieurs qu'ils risquaient de trouver le reste de la soirée pas assez divertissant à leur goût.

Les Colombiens dévisagèrent Ian, puis Abraham, puis les gardes du corps. Ensuite, Escalante écrasa son cigare.

— Nous sommes ici pour défendre une bonne cause, dit-il. L'orchestre n'est pas mauvais, et nos épouses aiment danser.

Il désigna les deux jeunes femmes, vêtues de robes à paillettes, qui étaient assises à une table.

— Nous sommes ici pour collecter des fonds à destination des plus démunis, riposta froidement Ian. Si vous souhaitez parler affaires, prenez rendez-vous à mon bureau. Quant à mon père, il n'est plus impliqué dans les décisions d'exploitation de notre entreprise.

— Ah, quel dommage ! ricana Hernandez, plissant des yeux noirs. Ils vous ont mis à la retraite, papi ?

Abraham fut sur le point de répliquer vertement, mais Ian, posant une main apaisante sur son bras, l'enjoignit de se taire.

Katie retint son souffle jusqu'à ce qu'Abraham Danforth se résigne à reculer, le visage tendu de colère.

— Néanmoins, une autre discussion ne me fera pas changer d'avis, reprit Ian. Je vous ai déjà dit que nous n'achèterons pas votre café, monsieur Hernandez. M. Escalante connaît parfaitement mes raisons.

— Vous me décevez, grogna Hernandez en se levant.

Ses mains énormes, puissantes, contrastant avec sa petite taille, semblaient menaçantes. Cependant, Katie trouvait Escalante bien plus dangereux. Ses yeux noirs et brillants ne cessaient de suivre tous les mouvements dans la salle, proches ou lointains, sans que jamais un inquiétant sourire ne quitte son visage.

— Et si, pour des raisons qui, hum, les regardent, vos fournisseurs et concurrents de mon ami Hernandez se retiraient de la course ? insinua-t-il. Vous seriez bien obligé de vous approvisionner auprès de lui, n'est-ce pas ? Sinon, fini le business...

Abraham, le visage cramoisi, parut prêt à éclater. Mais Ian s'interposa entre son père et les deux hommes. Le regard dur, les mâchoires serrées, il mit les Colombiens en garde :

— Si quelqu'un empêche nos fournisseurs habituels de travailler avec nous, nous saurons pourquoi. Sachez qu'il existe des lois contre vos méthodes d'intimidation...

Comme il s'approchait encore, Katie voulut le retenir, mais les gardes du corps s'empressèrent d'avancer aussi.

Durant quelques instants, la tension fut palpable, terriblement oppressante. Enfin, les deux Colombiens quittèrent la table, ordonnant d'un signe aux deux femmes de les suivre.

— On reste en contact, grinça Escalante, toujours souriant.

Escorté de deux gardes du corps, le petit groupe se dirigea vers la sortie. Le cœur battant, parcourue de frissons, Katie reprit enfin son souffle et tenta de relâcher les muscles de sa nuque contractée.

Abraham regarda autour de lui, comme pour vérifier que la scène avait échappé aux journalistes. Heureusement, les photographes semblaient être déjà partis.

— Ne te laisse pas faire, Ian, murmura-t-il en regardant les Colombiens franchir la porte de la grande pièce.

— Pas question ! De toute façon, nous avons un bon argument : leur produit ne correspond pas à nos critères.

— Bien. Campe sur tes positions.

Ensuite, Abraham se tourna vers Katie.

— Mon petit, je vous remercie d'avoir eu le bon sens d'appeler du renfort. Plus on est de fous, plus on rit ! commenta-t-il avec un sourire affable, mais le regard dur.

L'apparition des Colombiens au gala avait cassé l'ambiance festive. Dès qu'il sentit qu'Abraham n'avait plus besoin de sa présence, Ian raccompagna Katie chez elle. Après avoir ouvert pour elle la porte de l'appartement, il lui tendit les clés, s'effaçant pour la laisser entrer.

— Vous devez être épuisée, non ?

Katie lui sourit par-dessus son épaule et virevolta dans le modeste salon, la soie écarlate dansant autour de ses chevilles.

— Pas du tout ! Je suis en pleine forme !

Ian supposa qu'elle cherchait à le rassurer. Lui-même se sentait complètement vidé.

— Je suis navré que cette scène ait gâché une si bonne soirée, Katie.

— Mais non ! En fait, moi, j'ai trouvé tout cela plutôt ex-ci-tant.

59

Prononcer correctement ce dernier mot lui demanda apparemment un effort de concentration. Sa trajectoire l'amena au pied du canapé dans lequel elle se jeta au milieu des coussins.

— Une super soirée ! s'esclaffa-t-elle.

— Je crois que vous avez bu un peu trop de champagne au cours de la demi-heure précédant notre départ. Je vais vous faire du café.

Ian referma la porte de l'appartement et chercha la cuisine des yeux. Pas question de laisser Katie dans cet état.

Mais celle-ci déclina la proposition d'un petit geste poli.

— Ce n'est pas la peine, Ian. Dites donc, vous formez une équipe d'enfer avec votre père !

Ian comprit qu'elle changeait délibérément de sujet, mais sa remarque l'intrigua. Il ne s'était jamais cru assez bon pour former une équipe quelconque avec son père, même s'il avait consacré l'essentiel de son enfance à essayer de lui prouver sa valeur les rares fois où celui-ci était présent à Crofthaven Manor. D'ailleurs, lorsque celui-ci lui avait confié les rênes de Danforth & Co, Ian avait été sincèrement surpris, même s'il savait que c'était une tradition de laisser le fils aîné prendre le relais du père lorsque celui-ci se retirait des affaires. Bien entendu, les aspirations politiques d'Abraham avaient avancé cette passation de pouvoir.

— Comment cela ? insista-t-il.

Katie laissa échapper un son délicieux, à mi-chemin entre le soupir et le ronronnement.

— Eh bien, vous aviez la même flamme dans les yeux, capable de faire fuir n'importe quel voyou ! Venez vous asseoir ici, vous méritez amplement une petite pause !

Elle tapota le coussin du canapé, et une fine bretelle rouge glissa de son épaule. Ian ne pouvait détacher les yeux du décolleté affolant que dessinait le corsage de cette robe superbe. Et doutait fort que s'approcher soit raisonnable…

Tant pis. Il s'installa et profita du spectacle offert.

— Vous savez, reprit Katie, la tête rejetée en arrière sur le dossier du canapé et les yeux mi-clos, vous ne faites pas un si mauvais patron…

— Merci ! Et vous n'êtes pas une si mauvaise assistante.

— Menteur !

— Bon, vous manquez encore d'expérience, mais vous allez apprendre et, un jour, vous serez une assistante modèle !

Il étudia son visage. En fait, il ne pensait pas qu'elle fût soûle. Peut-être était-elle seulement d'humeur taquine. A quoi pensait-elle, à cet instant ? Les paupières toujours baissées, elle souriait. Autant se montrer prudent, songea-t-il.

— A moins que vous n'ayez d'autres ambitions dans la vie ? reprit-il. Parlez-moi un peu de vous, Katie.

— Vous avez lu mon curriculum vitæ.

— Mais dites-moi qui vous êtes réellement. Parlez-moi de votre famille, de votre enfance en Arizona. Je ne suis jamais allé dans cette région.

Katie ouvrit soudain les yeux et le dévisagea fixement.

— J'ai eu une enfance totalement banale dans une famille tout à fait quelconque, dit-elle d'une voix froide.

Ian hocha lentement la tête.

— Non. Il y a quelque chose en vous de différent. Quelque chose de… raffiné. Et de mystérieux, ajouta-t-il en effleurant une boucle échappée de la masse auburn qui cascadait sur ses épaules.

Cette fois, le rire de Katia sonna faux.

— Voyons, c'est ridicule !

Ian se pencha vers elle.

— Dans ce cas, pourquoi vous êtes-vous détournée chaque fois que nous avons croisé un photographe pendant la soirée ? Pourquoi craignez-vous autant que l'on vous prenne en photo ?

— Je n'ai jamais été à l'aise avec mon apparence physique, argua-t-elle, sur la défensive.

— Je n'en crois pas un mot ! Vous êtes une fille superbe, et vous le savez parfaitement.

— Vous devriez partir, maintenant, lança Katie, soudain tendue. Je suis fatiguée.

Ian devina qu'il venait de mettre le doigt sur un point sensible. S'il insistait un peu, il découvrirait en quoi Katie O'Brien semblait si particulière. Et pourquoi elle tenait tant à le cacher…

— Je m'en vais, mais à condition que vous me disiez trois choses de vous que je ne connais pas encore, dit-il.

Elle leva les yeux au plafond, reposa sa tête contre le dossier du canapé, et soupira d'un air exagérément fataliste.

— Vous voulez jouer aux devinettes ? Très bien, vous avez gagné. Mais, ajouta-t-elle, le fixant entre ses longs cils, les règles s'appliquent aussi pour vous : je vous révèle trois secrets, et vous en faites autant. D'accord ?

Il n'était pas certain d'aimer la seconde partie du contrat. Mais si c'était le prix à payer…

— Vous d'abord, décida-t-il.

Katie réfléchit un moment, et il eut la nette impression qu'elle éliminait dans son esprit au fur et à mesure toutes les informations qui lui semblaient gênantes.

— Je déteste les asperges ! déclara-t-elle enfin.

— Pas assez personnel, objecta Ian.

Bon sang ! Si elle commençait à jouer au chat et à la souris, il allait sortir ses griffes !

— Mais je prends les asperges très à cœur, vous savez !

Ian lui lança un regard sans concession. Elle souffla bruyamment et se jeta à l'eau.

— Oh, bon, très bien… Mon père travaillait dans le bâtiment. Ça vous va ?

— Je ne suis pas sûr que cela compte, puisque vous me l'aviez déjà dit. Mais ça ira pour cette fois, concéda-t-il, magnanime.

Katie lui adressa une grimace narquoise.

— Merci ! A vous, maintenant.

— Il y a un fantôme à Crofthaven Manor, la maison où j'ai grandi, déclara Ian le plus sérieusement du monde.

— Non, je ne vous crois pas, riposta Katie en riant.

— Et pourtant, c'est vrai. Toutes les maisons sont hantées, par ici, c'est une sorte de tradition régionale ! En fait, les esprits étaient importants, autrefois, et aujourd'hui, ils font presque partie des meubles, cela n'effraye personne !

Toute trace de sommeil avait quitté Katie. Elle se redressa dans le canapé et dévisagea Ian de ses yeux verts, étincelant de nuances comme seules certaines mers pouvaient en offrir. Fasciné par leur éclat, il s'approcha plus près.

— Vous plaisantez, bien sûr ? demanda Katie, avant de passer le bout de la langue sur sa lèvre supérieure, geste inconscient qui, une fois de plus, troubla totalement Ian.

Incapable de prononcer un mot, il se contenta de hocher la tête, les yeux rivés sur cette bouche si sensuelle.

— Ça, c'est une information, s'exclama-t-elle. Me voilà obligée de lâcher le morceau, maintenant…

Alors, elle prit une profonde inspiration.

— Bon, d'accord. Ma famille vit dans le désert. Les gens pensent que c'est dangereux et angoissant, mais pas du tout. C'est un endroit absolument magnifique !

— Racontez-moi !

Taraudé par le besoin de se relier à elle autrement qu'avec des mots, Ian posa impulsivement sa main sur celle de Katie, qui, le regard lointain, ne parut pas s'en apercevoir.

— Lorsqu'il a plu, les cactus fleurissent, poursuivit-elle d'une voix émue. Les fleurs ont toutes les couleurs du soleil — orange, rouge, jaune, or… Comme si elles avaient dormi, s'imprégnant de sa lumière en attendant de la restituer à la première pluie. Et puis, au cœur de la réserve indienne, il y a des grottes. On dit qu'elles sont magiques, habitées par des esprits puissants…

— Non ! s'écria Ian à son tour.

Katie éclata de rire.

— Si ! C'est là que mes parents sont tombés amoureux. Mon père a des origines indiennes, alors moi aussi, j'imagine, ajouta-t-elle d'un air plein de fierté.

— Continuez, l'encouragea-t-il à voix basse.

— Impossible de deviner à quoi ressemble le désert si on n'est jamais allé dans cet endroit. La lumière du matin y est si pure, si brillante, on dirait le reflet du cristal. Je ne sais pas comment vous expliquer. Des artistes viennent de très loin pour la peindre, vous savez...

— Incroyable, murmura Ian, pressant ses doigts fins.

— Oui. Bien sûr, je n'ai jamais vu de fantôme dans ces grottes. Mais lorsque l'on entre, que l'on se tient les yeux fermés en silence dans la pénombre fraîche, on sent la présence des esprits sacrés des anciens.

Katie avait fermé les yeux, et elle paraissait presque évanescente, comme si elle se trouvait dans la grotte dont elle parlait avec tant d'émotion.

« Comme elle est belle ! » songea Ian,

Sans même réfléchir, il posa les lèvres sur les siennes. Ses paroles l'avaient bouleversé, sa douceur l'avait impérieusement attiré. A regret, il détacha sa bouche de la sienne dont il avait eu le temps de goûter la douceur et le parfum sucré.

Katie ouvrit les yeux et le dévisagea, mais sans mot dire. Ian recula, pour établir un peu de distance entre eux tout en gardant la main de Katie dans la sienne.

— Racontez-moi encore.

Elle regarda leurs mains jointes, puis Ian de nouveau, l'air presque suppliant.

— C'est tout, murmura-t-elle. Je crois que je ne peux plus jouer à ce jeu.

Elle en avait dit plus qu'elle ne le souhaitait...

— Je vous en prie, n'arrêtez pas, la supplia Ian.

— Mais je ne parle jamais de cela, à personne, poursuivit-elle, apparemment plus surprise de sa propre réaction que troublée par celle de Ian. Ce sont des choses tellement personnelles…

— D'accord, concéda-t-il. Alors, à mon tour de vous révéler quelque chose d'aussi intime, par honnêteté.

Ian passa mentalement en revue les aspects de sa vie qu'elle connaissait déjà, car il avait remarqué qu'elle parcourait rapidement certains dossiers avant de les ranger.

— J'ai eu un fils.

Son cœur s'arrêta lorsqu'il se rendit compte de l'aveu qui venait de franchir ses lèvres. Bon sang ! Comment avait-il pu lâcher ça ? Pourquoi ce soir… et à elle ?

— Vous avez été marié ?

— Il y a longtemps. J'étais trop jeune. Elle aussi.

— Et le bébé ?

Ian fut incapable de répondre. Ni même de croiser son regard. Alors, il sentit que Katie retournait sa main dans la sienne, enroulait ses doigts aux siens, et pressait chaleureusement sa paume.

— C'est bon, Ian. Ce jeu est idiot, nous n'aurions jamais dû commencer. Laissez tomber…

— Non. Ça va. Après tout, il y a si longtemps…

Katie se rapprocha tout contre lui. Elle serra plus fort sa main toujours posée sur ses genoux, comme si en communiquant sa tendresse à ces quelques centimètres de peau, elle parviendrait à le consoler tout entier.

— Alors, parlez-moi de votre fils, chuchota-t-elle.

La douleur le transperça de nouveau, cinglante, aiguë. L'oubli était impossible !

— Il est mort.

— Oh, Ian, je suis tellement désolée…

Maintenant le chagrin, toujours aussi vif, remontait sans qu'il puisse en endiguer le flot.

— En fait, il… il n'est jamais vraiment né. Ma femme a fait une fausse couche, à cinq mois ; nous savions grâce à l'échographie que c'était un garçon. D'après le médecin, il grandissait bien, semblait en parfaite santé. Et puis… quelque chose s'est mal passé, tout simplement…

— Mon Dieu ! souffla Katie sans cesser de caresser sa main, qui s'était nouée en un poing serré.

Durant toutes ces années, les terribles souvenirs avaient constamment tournoyé dans la mémoire de Ian. Il retenait sa souffrance en lui, la couvait, la chérissait comme un trésor. Le chagrin était tout ce qui lui restait après la perte de sa femme et de son enfant. A défaut d'autre chose, la douleur lui semblait parfois préférable à l'absence.

Mais voilà que, pour la première fois de sa vie, il partageait sa détresse avec quelqu'un.

Attentive, Katie se tenait coite. Son silence encouragea Ian à poursuivre, à laisser sa peine se déverser enfin…

— Nous venions de quitter l'université. Ma petite amie avait décidé de se consacrer pleinement à sa carrière. Nous commencions tous juste, l'un comme l'autre, à plonger dans le monde des adultes. Elle est tombée enceinte, c'était un accident. Aucun de nous deux ne le souhaitait. Mais puisque cet enfant s'annonçait, il m'a paru évident que nous devions nous marier afin de lui donner un foyer, n'est-ce pas ?

— Elle n'était pas d'accord ? murmura Katie.

— Non, elle était furieuse. Un bébé n'entrait pas dans ses projets. Mais j'ai réussi à la convaincre de le garder. Je lui ai promis que je l'aiderais à continuer sa carrière malgré le mariage et l'enfant. Nous prendrions une nounou, et je m'arrangerais dans mon travail pour pouvoir être auprès du bébé au moindre problème… J'ai insisté, ajouta-t-il, encore rongé de culpabilité. Jamais je n'aurais dû la pousser autant, mais elle a fini par accepter.

— Pourtant, vous vous aimiez, non ?

66

Ian réfléchit un moment avant de répondre.

— Sur le moment, je le croyais, oui. Mais aujourd'hui, j'en suis moins sûr. En tout cas, notre amour n'était pas assez fort pour surmonter cette fausse couche. Car, même si Lara ne désirait pas fonder une famille tout de suite, la perte du bébé lui a brisé le cœur. Quant à moi, je me voyais, dans ma tête, déjà père. Alors, lorsque cet enfant est mort, je…

Il n'avait tout simplement pas pu l'accepter.

Katie continuait de lui caresser la main, la chaleur de sa paume apaisant son âme meurtrie.

Elle vint plus près de lui encore, et posa la joue sur son épaule, avant de lui chuchoter tout doucement :

— Peut-être n'était-il pas encore prêt à naître ?

— Quoi ? demanda Ian, ébahi.

— Peut-être que le petit bonhomme devait attendre la bonne maman. *Vous*, vous étiez prêt pour sa naissance, Ian, mais la femme qui le portait ne l'était pas, *elle*.

Cette explication innocente le toucha profondément. Bien sûr, cela n'avait aucun sens, biologiquement parlant. Il le savait fort bien, et Katie aussi, probablement. Sans doute le mysticisme de ses ancêtres avait-il inspiré ses paroles… Car certaines choses ne pouvaient tout simplement pas s'expliquer. Au mieux, on pouvait les subir…

— Vous avez peut-être raison, murmura-t-il avec reconnaissance, posant sa bouche sur les boucles fauves.

Katie remua comme si elle s'apprêtait à se lever. Ian se sentait plus proche d'elle qu'il ne l'avait jamais été de quiconque. Dans sa vie entière. Qu'est-ce qui l'avait poussé à révéler sa douleur la plus secrète à une simple secrétaire ?

N'était-il pas en train de se leurrer ? Katie n'était-elle pas déjà beaucoup plus qu'une simple employée de bureau pour lui ?

Elle avait joué un rôle social et mondain au cours du gala. Puis elle avait soutenu sa famille lors de l'affrontement avec le cartel colombien. Enfin, cette nuit, elle venait d'alléger son chagrin…

— Ian ?

Les yeux de Katie semblaient encore plus immenses que d'habitude.

— Embrassez-moi encore. Je vous en prie, supplia-t-elle.

Une petite voix intérieure avertit Ian que ce serait une erreur : l'embrasser comme il l'avait fait plus tôt, sur une impulsion, était excusable. Mais l'embrasser délibérément était déplacé…

Il s'efforçait de trouver une échappatoire, une excuse polie, lorsqu'elle bascula à genoux sur le canapé et lui prit le visage entre ses deux petites mains douces et fraîches. Ensuite, elle posa fermement ses lèvres sur les siennes.

« Aucun homme au monde ne résisterait à ça », affirma la même petite voix de Ian. Il ne résista plus et lui rendit son baiser avec ardeur.

Il serra contre lui le corps gracile qui se lova contre le sien de la manière la plus naturelle qui soit.

Le temps suspendit son cours. Le monde s'effaça, la conscience de Ian se tut. Le souffle d'un air neuf, frais, balaya les dernières traces de sa vie passée comme une tempête nettoie le rivage. L'univers se résuma à Katie.

Les lèvres de Ian trouvèrent le chemin de sa gorge, de sa joue, de sa tempe palpitante, puis de sa bouche de nouveau, encore et encore. Impossible de cesser de l'embrasser. Impossible également de laisser ses mains sagement posées au milieu du dos de Katie. Elles partirent à la découverte d'endroits satinés, tièdes, cachés sous la soie rouge, mais que ses doigts trouvèrent sans peine.

Ses seins. Sa taille fine. Ses hanches rondes, parfaites.

A bout de souffle, il détourna la tête, les yeux clos, puis tenta de reprendre ses esprits.

— Ian ?

La voix de Katie tremblait.

Mon Dieu ! Pourvu que son comportement ne l'ait pas choquée !

— Oui ?

— Tout va bien. Je comprends, rassurez-vous.

— Vraiment ?

Tout doucement, elle s'écarta, s'éloigna de ses bras. Ian brûlait d'envie de l'enlacer de nouveau, mais il se retint.

— C'est si terrible de perdre un enfant, murmura-t-elle. Vous aviez besoin que quelqu'un vous touche. Pour vous rappeler que la vie continue. Voilà tout !

— Je suis désolé que…

Katie le fit taire en posant deux doigts sur ses lèvres.

— Chut… c'est oublié. Et maintenant, il faut que je dorme.

— Bien sûr. Je vous remercie, Katie. Bonne nuit.

Encore sous le charme, encore envoûté par la sensation du corps de Katie contre le sien, il franchit posément la porte de l'appartement et quitta l'immeuble. Puis il grimpa dans sa voiture, mais ne démarra pas tout de suite.

Il demeura là un long moment, se demandant si Katie avait raison. Avait-il simplement eu besoin que quelqu'un — n'importe qui — le tienne dans ses bras ? Ou bien se trouvait-il en butte à des sentiments et des désirs plus complexes, qu'il ne voulait pas approfondir ?

5.

Le mercredi suivant, Katie se sentait proche de l'affolement. Depuis le gala, ni Ian ni elle-même n'avaient parlé des instants si délicieux, si troublants, qu'ils avaient partagé dans son appartement. En fait, un observateur extérieur n'aurait rien trouvé à redire à leur relation professionnelle, parfaitement neutre et détachée.

Néanmoins, au fond de son cœur, Katie savait que quelque chose de très fort s'était passé entre eux ce soir-là, quelque chose qui les avait bouleversés tous les deux.

Voilà pourquoi elle se sentait si angoissée.

Terrifiée, même. Car, tout en admirant Ian pour son courage face à des gangsters, tout en compatissant à la culpabilité qu'il ressentait d'avoir perdu un bébé qui n'avait jamais eu la moindre chance de voir le jour, tout en pensant sincèrement qu'il était un homme remarquable, tout en admettant que cet homme l'avait profondément touchée…, malgré tout cela, elle savait qu'elle ne pouvait pas tomber amoureuse de lui. Parce qu'il ressemblait trop aux hommes de sa propre famille.

Comme elle, Ian Danforth avait grandi dans un milieu privilégié. Or, malgré son expérience plus importante qu'elle de la vie, notamment parce qu'il avait treize années de plus (elle avait vérifié dans un dossier), elle savait ce que les hommes comme Ian faisaient à leurs épouses : ils dirigeaient leur vie. Sans pour autant se montrer forcément insensibles, d'ailleurs ! Son propre père n'avait jamais été impitoyable avec elle ou avec sa femme ; indéniablement, il les adorait toutes les deux. Mais parfois, son amour était étouffant. Et sa mère, en se ralliant très souvent à son avis, ne facilitait guère la vie de Katie…

En fait, ses parents avaient toujours contrôlé les moindres aspects de son existence, choisissant ses amis d'enfance, déterminant ses études, organisant ses activités après son diplôme. Lesquelles consistaient essentiellement à rester à la maison et à se préparer au mariage. Ils avaient fourni des efforts considérables pour lui proposer quelques-uns des meilleurs partis de la région. Tout cela avec les meilleures intentions du monde, elle n'en doutait pas ! Ils désiraient qu'elle soit heureuse, en sécurité, et leur donne plein de petits-enfants, sans jamais avoir à se soucier de comment les nourrir.

C'est alors que Katie avait rué dans les brancards… pour finir par s'enfuir, loin de cet avenir tout tracé.

Alors, ce n'était pas pour se précipiter dans les bras de Ian Danforth, et revenir au point de départ. Elle avait l'intention de garder la mainmise sur sa propre vie et de la poursuivre comme elle l'entendait.

Mais comment continuer à travailler si près de Ian ? Dès qu'il entrait dans son champ de vision, elle s'imaginait de nouveau dans ses bras puissants, sous ses baisers fiévreux, contre son désir révélé par chaque muscle de son corps tendu…

La simple évocation de leur courte étreinte après la soirée caritative lui donna des frissons.

— Mademoiselle O'Brien ?

— Mmm ? Oui, monsieur ? bredouilla-t-elle, fixant l'Interphone posé sur son bureau.

Mais le bouton n'en était pas allumé. Un léger mouvement dans l'angle de son champ de vision l'incita à relever les yeux. Elle vit une paire de jambes dans un pantalon en lin beige s'avancer vers son bureau. Elle sursauta.

— Tout va bien ? s'enquit Ian. Je vous ai appelée plusieurs fois, vous n'avez pas entendu ?

— Excusez-moi, j'étais perdue dans mes pensées.

Katie détourna son regard, troublée par la proximité de ces jambes. Elle se sentit rougir, et réprima un gloussement nerveux. « Pauvre petite sotte ! » se dit-elle.

Mais lorsqu'elle croisa les yeux mordorés de Ian, son cœur bondit dans sa poitrine.

« Du calme, ma fille ! »

Comme elle regrettait l'absence de son amie, la « vraie » Katie O'Brien ! Elles auraient pu discuter de son stupide coup de foudre. Katie avait beau imaginer des projets aussi farfelus que cette histoire de changement d'identité, elle en connaissait un rayon en matière d'hommes. Elle n'aurait pas manqué de lui rappeler les raisons de sa fuite, ainsi que les avantages à conserver son indépendance.

D'ailleurs, en ce moment même, en Europe, elle devait profiter pleinement de la vie qu'elle s'était choisie, libre comme l'air, sans qu'aucun mâle ne lui dicte sa conduite ou conteste ses choix.

Katie se redressa et croisa les mains sur le bureau, feignant le plus grand calme.

— Que puis-je pour vous, monsieur ?

Ian se renfrogna, apparemment contrarié par ce comportement si professionnel, et lui demanda si les journaux étaient arrivés.

— Pas encore. Vous attendez un article en particulier ?

— Une journaliste m'a signalé que son papier sur le gala en faveur des sans-abri paraissait aujourd'hui. Je voudrais le lire le plus vite possible, au cas où nous devions rectifier des commentaires qui nuiraient à mon père.

— Je vous les apporte dès qu'on me les livre, promit Katie qui saisit un dossier, affichant une mine débordée afin que Ian parte sur-le-champ.

— Katie ?

— Oui ? répondit-elle sans relever les yeux.

72

« Seigneur, implora-t-elle silencieusement. Faites qu'il ne parle pas de cette fameuse nuit. »

— Non, rien. Je serai dans mon bureau.

— Très bien, monsieur.

Elle entendit la porte claquer et reprit enfin sa respiration.

Les journaux venaient d'arriver. Ian recevait chaque jour les quotidiens de sept villes différentes.

En effet, il souhaitait se tenir au courant des événements politiques et économiques de chaque région où se trouvaient des boutiques D & D. Et, même si un service de presse épluchait pour lui tous les articles mentionnant sa famille ou son entreprise, il aimait se faire une idée plus large de l'environnement de ses cafés.

Katie déplia aussitôt le *Houston Chronicle*, le journal le plus proche de chez elle. Elle vérifiait chaque matin si l'on parlait d'elle, au cas où…

La première page annonçait une hausse vertigineuse des prix du pétrole. Rien de bien neuf. Haussant les épaules, elle s'apprêtait à ouvrir les pages « Société » lorsqu'une photo en bas d'une colonne attira son regard.

Elle se mordit la lèvre pour ne pas crier : le portrait la représentait lors de sa première « sortie dans le monde », à Tucson. Ses cheveux bruns étaient relevés en un chignon sophistiqué. Le corsage de sa robe en satin blanc dénudait ses épaules, tandis qu'un collier de perles — celui de sa grand-mère — soulignait délicatement sa gorge.

Si la vue de cette photo ne lui avait pas déjà coupé le souffle, la légende n'eût pas manqué de le faire : « L'héritière disparue aperçue à la gare routière ! » lut-elle.

Oh, Seigneur, non, non, non…

Abasourdie, Katie s'agrippa au bord de son bureau. Le cœur au bord des lèvres, elle parcourut vivement l'article, s'imprégnant de chacun des mots effrayants.

Un homme affirmait avoir vu une jeune femme dont la description correspondait à la sienne, au terminal des bus Greyhound de Saint-Louis — celui-là même où elle avait patienté deux heures durant son trajet vers la Géorgie. La date et l'heure collaient avec celles de son passage.

L'estomac de Katie se noua. Son cœur battit la chamade, incapable de trouver un rythme normal.

Sans réfléchir plus avant, elle fourra le journal au fond d'un tiroir et éplucha précipitamment les autres titres. Rien sur elle, pour l'instant. Avec un peu de chance, les autres éditions trouveraient de bien meilleures histoires à couvrir, et les journaux de l'Arizona eux-mêmes oublieraient l'héritière disparue…

Elle apporta à Ian sa pile de nouvelles fraîches. Il chercha son regard, mais elle s'empressa de regagner la porte, redoutant qu'il ne remarque l'absence du *Houston Chronicle*.

— Attendez !

Se mordillant la lèvre inférieure, Katie remonta ses lunettes sur son nez et revint affronter Ian.

— Quelque chose ne va pas, Katie ?

— Non, rien, répliqua-t-elle avec un faible sourire.

— Vous êtes très pâle.

Elle haussa les épaules, prétexta une fatigue passagère, puis s'obligea à retourner calmement s'asseoir derrière son bureau. Alors qu'elle mourait d'envie de quitter l'immeuble en courant.

Avoir été reconnue n'était pas ce qui la préoccupait le plus. Elle pensait surtout à ses parents, au reste de sa famille. En fait, il ne lui était jusqu'alors pas venu à l'esprit qu'ils puissent se faire autant de soucis pour elle.

Or, l'article du *Chronicle* citait un commentaire émouvant de son père : « Que ceux qui séquestrent ma fille sachent que nous

74

sommes disposés à tout faire, à payer n'importe quelle rançon pour la récupérer ! S'il vous plaît, rendez-la-nous ! »

Mais pourquoi pensaient-ils qu'elle avait été kidnappée ? Ils n'avaient donc pas trouvé la petite note laissée dans sa chambre, dans laquelle elle leur expliquait son besoin d'indépendance ? Et leur affirmait que tout irait bien ?

Un peu plus loin, l'avocat de sa famille déclarait : « Katherine, si vous êtes en mesure de nous contacter, faites-le, je vous en prie. Vos parents souhaitent simplement vous savoir en sécurité et que vous reveniez à la maison. »

Revenir à la maison ? C'était bien là le cœur du problème. Elle ne voulait plus être surprotégée, comme une enfant sans défense ! Elle voulait décider seule de sa propre vie. Et tant pis si elle faisait des erreurs, elle les assumerait, bon sang !

D'ailleurs, qui, dans le monde entier aujourd'hui, pouvait se vanter de ne jamais se tromper ? La vie était imprévisible. Alors, ne devait-elle pas s'habituer à en déjouer les aléas toute seule ?

Malgré le désir pressant de rassurer sa famille sur son sort, Katie ne pouvait se résoudre à prendre un tel risque. Du moins, pas encore. Pas tant qu'elle n'avait pas prouvé qu'elle savait s'assumer seule. Alors seulement, elle les appellerait.

Mais d'ici là, n'y avait-il pas un moyen de leur faire savoir qu'elle ne courait aucun danger ? Un moyen qui ne révèle pas l'endroit où elle se trouvait — car elle était certaine que dès que ses parents l'auraient localisée, ils viendraient aussitôt la chercher.

C'est à peine si Ian regarda les journaux, ce matin-là. Après avoir rapidement vérifié que rien de préjudiciable à Abraham n'y figurait, il repoussa la pile de quotidiens et se détourna pensivement vers la baie vitrée.

Observer Savannah l'émouvait toujours. Il avait presque l'impression que son cœur battait du même rythme, lent mais régulier, que celui de sa ville chérie. Que leurs histoires étaient similaires. Car s'il avait surmonté de cruelles déceptions et des pertes déchirantes, Savannah avait survécu à la guerre civile et à des batailles sanglantes, non sans y sacrifier de nombreuses vies. D'autres villes n'avaient pas bénéficié d'un tel miracle, et il lui semblait que continuer à vivre après la perte de son fils en était un également.

En fait, c'était son travail pour l'entreprise familiale qui lui avait permis de tenir debout, jour après jour. Lorsque son père l'avait nommé directeur général, Ian avait décidé que cette fonction et toutes les responsabilités qu'elle entraînait suffiraient à remplir sa vie. Il s'était alors attaché à faire de Danforth & Co une des plus importantes sociétés d'exportation du pays.

Mais se noyer dans le travail ne suffirait pas. Loin de là, même ! Il le savait depuis peu…

La faute en revenait à Katie O'Brien.

Elle avait réveillé en lui l'espoir d'une nouvelle vie ; en le séduisant, en l'apaisant, en l'incitant à la regarder en face pour voir combien elle était extraordinairement sensuelle, désirable. En fait, par son comportement irrésistible, elle le mettait au défi de surmonter sa douleur.

Mais il était encore trop tôt pour cela… Il devait donc réagir.

Il lui fallait s'éloigner de Katie afin de retrouver son équilibre. Car tant qu'elle se trouverait dans les parages, il en serait incapable… Outre sa manie de déplacer les meubles et de discuter ses instructions, elle lui inspirait des pensées… délicieusement coquines !

Or, un homme sérieux ne pouvait absolument pas penser à ce genre de choses durant ses heures de travail.

Danforth & Co avait besoin d'un directeur à l'esprit concentré sur les affaires et aux pieds fermement plantés dans le sol. Hélas, Holly n'avait toujours pas trouvé une secrétaire confirmée qui puisse prendre le poste en contrat à durée indéterminée… La seule solution probablement : trouver une autre intérimaire en attendant celle qui remplacerait Gloria.

Ian pressa le bouton de l'Interphone.

— Katie, avez-vous déjeuné ?

— Non, monsieur. Pas encore.

Bon sang ! Le simple son de sa voix déclenchait en lui toute une série de réactions nerveuses, pour finir en feu d'artifice dans ses reins… Il remua dans son fauteuil et s'efforça d'ignorer ces sensations brûlantes.

— Ecoutez, je dois vous parler de quelque chose d'important. Cela ne vous ennuie pas de déjeuner avec moi, au café en bas ?

Il la sentit hésiter avant de répondre, comme si elle avait deviné ses intentions.

— C'est d'accord, monsieur.

Ian soupira en se levant. Mais il devait absolument prendre cette décision, il n'avait pas le choix…

En précédant Katie vers l'ascenseur, et jusqu'à ce qu'ils se trouvent entourés d'autres personnes, il évita soigneusement de croiser son regard, bien qu'il sente qu'elle cherchait à établir le contact. Mais il ne pouvait endurer la tentation au-delà d'une certaine limite…

Ils s'installèrent à une table et commandèrent — une salade pour elle et un double cheeseburger pour lui — sans que Ian ait osé la regarder en face. Puis il attaqua son repas avec un enthousiasme feint, mais ne ressentait aucun appétit. Il finit par poser les yeux sur Katie.

Elle restait silencieuse devant sa salade intacte.

— Vous n'avez pas faim ? demanda-t-il.

— Vous allez me virer, n'est-ce pas ?

Son intonation lui brisa le cœur. Il se raidit.

— Katie, je ne vais pas vous virer.

— Alors, quoi ? J'ai fait une erreur épouvantable ? Je me suis trompée quelque part ? D'accord, j'aime bien faire les choses à ma manière, qui n'est peut-être pas la vôtre, mais j'ai toujours fait tout ce que vous m'avez demandé, d'une façon ou d'une autre, non ?

— Oui, c'est vrai, admit-il, sentant le cheeseburger peser sur son estomac. Et j'apprécie grandement votre énergie et votre dévouement.

« Même si, à cause de vous, je suis devenu moi-même totalement inapte au travail », ajouta-t-il intérieurement.

Il repoussa son assiette avant de poursuivre.

— Mais c'est la règle de l'intérim, Katie. Nous n'avions jamais prévu de vous garder plus d'une semaine ou deux.

— C'est ce que vous m'avez dit le jour de mon arrivée, en effet. Etes-vous donc en train de m'annoncer que vous avez trouvé votre assistante définitive ?

— Euh, en fait, non, pas encore. Mais les deux semaines sont passées, et je pense que, dans votre intérêt comme dans le nôtre, il vaudrait mieux que vous partiez, voilà tout.

— Quitter Danforth & Co ? s'écria Katie, la mine défaite. Mais j'aime tellement travailler ici !

— Je suis heureux que vous vous soyez sentie à l'aise parmi nous, car nous nous attachons à conserver une ambiance familiale, ici, dit Ian avec un sourire forcé. En fait, je pense que le travail que vous effectuez en ce moment pourrait nous servir de période d'essai pour les candidates, vous voyez ?

— Mais *moi*, je pourrais être cette assistante, objecta-t-elle vivement.

— Non. Non, vous ne pourriez pas, répliqua Ian prudemment.

— Pourquoi ? Je ne suis pas assez bonne ?

— Effectivement, il vous manque un peu d'expérience.

— Justement ! En travaillant avec vous, j'en aurais. Tout le monde a besoin d'entraînement, n'est-ce pas ?

— Je… Vous…, bredouilla Ian.

Bon sang, ne pouvait-il éviter un tel aveu ? Il vérifia que personne autour d'eux ne se trouvait à portée d'oreille, puis chuchota :

— Katie, ce qui s'est passé chez vous l'autre soir était entièrement de ma faute. Jamais je n'aurais dû vous embrasser ! J'ai outrepassé mon rôle d'employeur.

A son grand étonnement, le regard de Katie s'éclaira, et il y perçut une lueur espiègle.

— Souvenez-vous, monsieur. C'est moi qui vous ai embrassé la seconde fois.

Ian balaya de nouveau la salle des yeux, mais les tables proches étaient toutes inoccupées, et le son des bavardages trop élevé pour que quiconque puisse entendre ses propos.

— Vous m'attirez beaucoup, avoua-t-il. En fait, j'ai un mal fou à travailler quand vous êtes dans les parages.

Le visage de Katie rayonna.

— Je pensais qu'il n'y avait que moi !

— Pardon ? demanda Ian, déconcerté.

— Je pensais que j'étais la seule à éprouver cette attirance dont vous parlez. Vous aussi, vous me plaisez terriblement, Ian !

— Katie, non !

— Mais ce n'est pas grave ! C'est quand l'un aime l'autre sans être payé de retour que c'est affreux !

— Vous êtes beaucoup trop jeune pour moi, argua Ian en s'approchant encore.

— Pff ! N'importe quoi ! objecta Katie avec un sourire et un geste de la main balayant toutes les objections.

— Je ne plaisante pas. De plus, je ne suis jamais sorti avec une employée, et je n'ai pas l'intention de commencer.

— Trop tard ! Vous m'avez emmenée au gala…

— Cela n'a rien à voir !

— Pour moi, si, affirma-t-elle d'une voix enjouée.

— Katie, ça suffit ! s'écria-t-il.

Plusieurs têtes se tournèrent vers eux, et Ian s'efforça de baisser le ton, malgré sa nervosité croissante.

— Le problème, c'est que je ne peux pas vous garder au bureau en ayant ce genre de… sentiments pour vous.

— Donc, si je comprends bien, dit lentement Katie, vous voulez que je quitte la société afin que nous puissions entamer une relation amoureuse, c'est ça ?

— Non, enfin… Je ne sais pas…, grommela Ian. Ne me faites pas dire ce que je n'ai pas dit !

— J'essaye de comprendre ce que vous attendez de moi, répliqua Katie, bien trop calmement au goût de Ian.

Dix minutes de plus, et cette fille le rendrait maboule !

— Justement, je n'attends rien de vous, Katie.

L'expression consternée qui surgit dans les magnifiques yeux verts manqua le faire défaillir.

— Vous me demandez de partir, de ficher le camp…

— Pas de ficher le camp, voyons ! protesta Ian. Je ferai un rapport élogieux à l'agence d'intérim, assurant que vous avez pleinement rempli votre mission. On vous confiera un nouveau poste, maintenant que vous avez eu une expérience utile. Et c'est avec joie que je vous fournirai toutes les recommandations possibles pour d'autres sociétés.

Katie ne répondit pas immédiatement. Après avoir tambouriné la table du bout des ongles, elle déclara enfin :

— Je vois.

L'intonation pesant sur ces mots ne manqua pas d'inquiéter Ian.

— Tout ira bien, vous verrez.

— Et pour nous deux, alors ? demanda Katie.

— Je vous ai dit qu'il n'y a pas de « nous deux ».

S'il devait de nouveau s'investir dans une histoire amoureuse sérieuse, songea-t-il, ce serait avec une femme aussi désireuse que lui de fonder une famille. Katie, toute séduisante et dynamique qu'elle soit, n'était pas prête à cela.

80

Il avait déjà fait cette erreur une fois, et en payait encore le prix.

— Katie, nous sommes beaucoup trop différents l'un de l'autre, reprit-il. L'âge et tout ça…

Ian se rendait compte que ses arguments manquaient de crédibilité, même à ses propres oreilles.

— Vous me l'avez déjà dit, coupa-t-elle, se plongeant dans la contemplation de la rue à travers la fenêtre.

— En toute justice, Katie, poursuivit-il avec gentillesse, cherchant à lui prendre la main, je ne veux pas commencer une histoire dont la fin ne me conviendrait pas.

Elle tourna brutalement la tête vers lui, dans une grande envolée de boucles rousses.

— C'est-à-dire ?

— C'est-à-dire qui ne se terminerait pas par un mariage et une famille. Un foyer stable. Je suis désolé, Katie, ajouta-t-il avec un faible sourire. Il me semble que vous en êtes au stade où vous prenez votre envol. Moi, j'ai largement dépassé cette époque. Je ne veux pas d'une simple aventure. Peut-être que si nous nous étions rencontrés ailleurs, à un autre moment…

— Oh, je vous en prie !

Elle sauta sur ses pieds, le visage sombre. Attrapant son sac, elle redressa les épaules, lui lança un regard dans lequel brillait toute la fierté de ses ancêtres, et déclara sèchement :

— Laissez tomber les clichés. J'ai compris. Vous avez raison. D'ailleurs, moi aussi, je veux bien plus qu'une simple aventure…

Elle tourna les talons et s'en alla.

Comme cela faisait mal ! Etre chassée par Ian était de loin la chose la plus douloureuse de sa vie…

Pourtant, elle n'avait pas compris, avant qu'il ne commence son petit discours, combien rester chez Danforth & Co comptait pour elle. Ni tout ce qu'elle allait perdre en s'éloignant de Ian.

Non qu'elle soit amoureuse de lui. Mais il la privait de cette… camaraderie qu'elle avait développée ces derniers temps avec lui et avec d'autres employés de la société. En fait, elle avait l'impression de faire partie d'une équipe. Et, depuis le gala, d'avoir également intégré une famille un peu particulière mais tellement passionnante…

Après tout, n'avait-elle pas été présente lors d'un épisode critique de la vie des Danforth, au country-club ? Et auparavant, lors de cette réunion entre Abraham, Ian et Nicola, au First City Club ? Quel moment intéressant que ce déjeuner ! Elle avait participé à la campagne d'un futur sénateur. Mieux, elle avait donné son avis et, incroyablement, elle avait été écoutée ! Son avis avait été pris en compte.

Combien de fois avait-elle souhaité que ses parents la prennent au sérieux ?

« Allez au diable, Ian ! »

D'accord, elle ne pouvait pas s'opposer à ce qu'il l'écarte de sa vie privée. Mais qu'elle soit damnée si Ian Danforth l'obligeait à quitter un travail qu'elle adorait !

Katie se rua vers l'ascenseur et, peu après, franchit en trombe la porte du bureau de Holly, la directrice des ressources humaines. Celle-ci était au téléphone, mais qu'importe, Katie était disposée à attendre aussi longtemps que nécessaire. Aussi se planta-t-elle fermement dans un fauteuil et s'arma de patience.

— Il me semble détecter les retombées d'un accès d'humeur danforthien. Je me trompe ? s'enquit Holly après avoir raccroché. Pas trop de bobos, j'espère ?

— Pas de marques visibles, en tout cas, soupira Katie en s'enfonçant dans son siège. Je ne suis qu'une blessée valide en quête d'un nouveau boulot.

— Je vois. Alors Ian n'a pas suivi mon conseil, il vous a demandé de partir, c'est ça ?

— Il vous en avait parlé ?

— Il y a plusieurs jours, déjà, avoua Holly. Mais je lui avais suggéré d'attendre que nous trouvions une remplaçante définitive.

— Quel sale type !

— Katie, il s'agit de mon patron, fit calmement remarquer Holly. De *notre* patron, jusqu'à ce que vous soyez partie.

— Excusez-moi. Mais il est tellement têtu et égoïste et…

— Je l'ai déjà entendu dire, coupa en souriant Holly, qui prit ensuite un classeur dans un meuble derrière elle. Mais Ian est également loyal, plein de bonnes intentions, et très brillant dans son travail.

— Je ne dis pas le contraire, grommela Katie.

— Donc, il vous a dit qu'il voulait vraiment que vous partiez ?

Katie acquiesça en silence, au bord des larmes.

— Le problème, reprit-elle, c'est que j'aime vraiment travailler ici. Tout le monde est si gentil, si serviable, et j'apprends tellement de choses !

Holly l'étudia avec attention, puis feuilleta son classeur jusqu'à trouver la bonne page. Elle expliqua alors :

— Ecoutez, voilà ce que je vais faire. Une de nos responsables de région recherche une assistante. Je pense qu'elle vous plairait beaucoup. Si vous voulez, je lui soumettrai votre candidature en même temps que les autres. Cependant, comme il s'agit d'un poste fixe, il faudra que vous quittiez l'agence d'intérim et que vous restiez au moins un an parmi nous. Qu'en pensez-vous ?

L'espérance rosit les joues de Katie.

— D'accord ! Mais pas un mot à Ian, s'il vous plaît !

— Ça, je ne suis pas certaine de le pouvoir, objecta Holly, mordant pensivement ses lèvres. Bon, mettons que je ne lui annonce pas la nouvelle avant quelques jours. En attendant, je peux le convaincre de vous garder encore une bonne semaine, et lui promettre sa nouvelle assistante d'ici là.

Elle s'interrompit pour observer Katie avec une attention accrue.

— A moins, bien entendu, que vous ne puissiez supporter aussi longtemps de rester à son côté…

— Pensez-vous ! protesta Katie, radieuse. Je m'en sors très bien avec Ian Danforth.

Puis elle ressortit en chantonnant gaiement. Si Ian avait gagné la première manche, elle avait la ferme intention de lui rendre la monnaie de sa pièce dans la seconde…

6.

Le D & D était bondé lorsque Ian s'y engouffra, faisant voler les portes marquées du célèbre logo. Il était furieux contre Katie. Bon sang, où voulait-elle en venir, maintenant ?

Pourtant, il pensait avoir été très clair, la veille, en la congédiant gentiment mais fermement. Mais à midi, en rejoignant son bureau après une matinée passée en réunions, il l'avait trouvée là, à sa place, comme si de rien n'était !

— Holly voudrait que vous l'appeliez, lui annonça-t-elle d'une voix innocente dès son arrivée.

Le temps qu'il termine sa conversation avec la directrice du personnel, Katie s'était absentée pour déjeuner. Et depuis, il l'avait cherchée dans tout l'immeuble. Finalement, une secrétaire lui avait dit que Katie prenait souvent son repas avec ses collègues au café du rez-de-chaussée.

En effet, dès le seuil franchi, Ian l'aperçut attablée avec quatre autres jeunes femmes. Il alla se planter devant elle.

— Bonjour, monsieur Danforth, le salua une grande blonde. Vous vous joignez à nous ?

— Pas pour l'instant, je vous remercie. Mademoiselle O'Brien, je dois vous parler.

— C'est l'heure de ma pause, objecta Katie, qui prit délicatement une bouchée de salade.

— C'est important, insista Ian.

La remarque lui valut des regards réprobateurs de la part de toute la tablée. La pause déjeuner était sacrée !

— Vraiment très important, répéta-t-il.

— Très bien, acquiesça Katie aimablement.

Ian se retint à grand-peine de l'attraper par le cou et de la pousser vers le hall, loin de tous ces témoins. Sans bien savoir si, ensuite, il l'embrasserait ou la secouerait un bon coup afin de lui remettre les idées en place… Mais il se contenta de la suivre vers une table plus éloignée.

— Un problème avec mon travail de la matinée ? demanda Katie.

— Non. Un problème avec vos stratégies subversives.

— Je vous demande pardon ?

Bien qu'elle affichât par ailleurs une expression parfaitement neutre, Ian était certain de voir un sourire ironique se dessiner sur ses lèvres si expressives.

— Je croyais que nous étions d'accord, hier, grogna-t-il. Et qu'il valait mieux pour tout le monde que vous quittiez notre entreprise au plus tôt.

— Non, non et non, riposta Katie, comme si elle s'adressait à un gamin entêté. *Vous* avez décidé qu'il valait mieux que je ne travaille plus dans *votre* bureau. Mais vous n'avez rien dit à propos d'autres postes dans l'entreprise. De plus, Holly pense qu'il vaut mieux pour moi que je reste où je suis encore quelques jours. Cela paraît plus raisonnable, ne serait-ce que parce qu'il vous faut quelqu'un pour répondre au téléphone…

— Je pensais pourtant avoir été clair en disant qu'après, euh…, grommela Ian, après que nous… vous savez…

— Que nous soyons devenus intimes ? compléta-t-elle d'un ton innocent.

— Euh, oui, c'est ça.

Bon sang, pourquoi le troublait-elle à ce point ? Il n'avait jamais été gêné de parler de sexe, avant qu'elle ne débarque dans sa vie…

— Donc, il me semblait préférable de ne pas continuer à travailler ensemble, reprit-il.

— Je suis d'accord avec vous.

— Vraiment ?

— Absolument ! C'est la raison pour laquelle je postule dans un autre service, à un autre étage, expliqua Katie avec un sourire rayonnant. Et Holly dit que j'ai de bonnes chances de l'obtenir !

— Ah oui ? grogna Ian.

Décidément, la situation lui échappait complètement. A moins qu'elle ne lui ait échappé depuis déjà longtemps, sans qu'il ne s'en soit rendu compte…

— Je persiste cependant à penser que ce n'est pas une bonne idée, poursuivit-il.

— Mais je crains que vous n'ayez rien à dire, déclara Katie posément.

— Et pourquoi pas ? Je suis bien le directeur général de cette fichue boîte, non ?

— Oui, mais c'est la direction du personnel qui s'occupe du recrutement. Vous aurez du mal à m'empêcher d'obtenir ce poste si je suis la plus qualifiée. D'ailleurs, ajouta-t-elle en lui tapotant la poitrine, un sourire aux lèvres, je ne suis pas sûre que votre veto serait bien légal, monsieur Danforth.

Assailli de très, très mauvaises pensées, Ian ferma les yeux. Cette fille avait raison. Il n'avait pas le droit de lui refuser un travail si elle le méritait.

— En outre, ajoutait Katie, je ne peux tout de même pas vous laisser sans assistante. Holly est en train de recevoir une nouvelle série de candidates. En attendant qu'elle vous déniche une perle, je vais m'efforcer de garder le fort, comme vous dites.

Il la dévisagea, désarmé, avec le sentiment très net que les deux femmes s'étaient liguées contre lui. Impossible cependant de les accuser de comploter, sous peine de paraître paranoïaque…

— Très bien, soupira-t-il. Une ou deux semaines supplémentaires. Quelle importance, après tout…

Il saurait résister à la tentation, n'est-ce pas ? Oui, mais si Katie obtenait ce nouveau poste ? Il devrait sans doute éviter l'étage et le service concernés… pour toujours !

— Je vous retrouve en haut, conclut-il.

Ian s'apprêtait à gagner les ascenseurs lorsqu'il aperçut deux silhouettes familières s'avancer vers lui. Il sourit, soulagé de voir des visages amis.

— Wesley, Jasmine ! s'exclama-t-il en ouvrant les bras. Comment va la plus belle journaliste de Savannah ?

Du coin de l'œil, il vit Katie se raidir tandis qu'elle observait l'élégante femme à la peau d'ébène qui accompagnait son vieux copain Wesley.

— Eh, ne t'approche pas trop de ma femme ! plaisanta Wesley, feignant de lui boxer l'épaule. On nous a dit en haut que tu étais ici. Je voulais poursuivre notre discussion de la semaine dernière à propos de la start-up.

Il lança un regard curieux à Katie, qui n'avait pas bougé.

— A moins que je ne te dérange ?

— Pas du tout. Katie O'Brien, voici Welsley Brooks et sa fiancée, Jasmine. Wesley était le camarade de chambre de mon cousin Jacob, au collège. Oncle Harold l'a pour ainsi dire adopté.

— Ravie de vous rencontrer, murmura Katie.

Ian remarqua que la jeune femme semblait troublée et il se demanda la raison d'un changement aussi radical.

— Je ferais bien d'y aller, maintenant, ajouta-t-elle nerveusement. Je dois finir de déjeuner et regagner mon bureau.

— Vous travaillez ici, chez Danforth & Co ? s'enquit Jasmine.

— Euh, oui, répondit Katie, faisant mine de s'éloigner du petit groupe. Comme simple intérimaire, pour l'instant. Mais j'espère bien rester.

— Eh bien, bravo à vous ! dit Wesley, qui se tourna ensuite vers Ian. En fait, Jasmine a aussi des informations sur les deux trouble-fête du gala.

A ces mots, Katie se rapprocha, son regard vert soudain brillant de curiosité.

— Finalement, je crois que je peux rester encore un moment, décida-t-elle.

Ian lui lança un regard mauvais, mais elle l'ignora.

— Et si on s'asseyait devant une tasse de café ? J'ai l'impression que ça va nous prendre un moment, proposa-t-il.

Il guida Jasmine et Wesley vers une table libre, Katie sur leurs talons. Ils s'installèrent et passèrent commande.

— Je t'écoute, Jasmine, l'encouragea Ian.

La ravissante journaliste prit un ton confidentiel.

— Tu m'as demandé de me renseigner sur Escalante et Hernandez. Le FBI s'intéresse à eux également. D'après mes sources au Bureau, les deux hommes sont associés à l'un des plus puissants cartels de drogue en Amérique latine. Fais très attention, Ian. Ces gens-là ont la réputation d'être extrêmement dangereux et totalement dénués de scrupules !

— Cela ne me surprend guère, murmura Ian. Les agents du FBI ont-ils la moindre preuve que ces types sont derrière le plastiquage de nos bureaux ?

— Pas encore, mais ils n'en écartent pas la possibilité. En fait, ils pensent qu'Escalante et Hernandez font partie d'une organisation de blanchiment d'argent, et travaillent pour le compte d'un cartel de narcotrafiquants, ce qui expliquerait leur intérêt pour Danforth & Co.

Wesley hocha la tête.

— Danforth est une société ancienne et reconnue, à la réputation au-dessus de tout soupçon. Ce serait une façade idéale pour blanchir l'argent de la drogue.

— C'est bien ce que j'avais deviné, marmonna Ian, conscient que Katie, dont les yeux s'écarquillaient à chaque phrase, ne perdait pas une miette de la discussion.

Comme il regrettait qu'elle entende ces horreurs ! Il ne voulait surtout pas qu'elle soit mêlée à une affaire si dangereuse.

— Je suppose que le FBI ne peut rien faire sans avoir de preuves solides, n'est-ce pas ? poursuivit-il.

— Exact, répliqua Jasmine. Et ma source m'a justement chargée de voir si tu n'accepterais pas de les aider ?

— Oui, bien sûr, accepta Ian sans l'ombre d'une hésitation. Mais comment ?

Il leva sa tasse et but une gorgée de café savoureux. En toute logique, le FBI voulait éviter qu'Escalante ne le soupçonne d'être de mèche avec eux. Et Jasmine faisait une parfaite intermédiaire, au cas où les Colombiens le surveillaient...

La jeune femme le regarda gravement.

— Reçois Escalante, en tête à tête, répondit-elle.

— Oh, Ian, non ! s'écria Katie, agrippant son bras. Jasmine, vous venez de dire que ces types sont dangereux !

Ian posa une main apaisante sur la sienne, mais Katie la retira aussitôt, se rendant compte que son geste était totalement déplacé de la part d'une employée.

— Quel genre de rendez-vous ? demanda Ian.

Jasmine lui tendit une carte de visite.

— Appelle cet agent. Il est responsable de l'enquête, et il t'expliquera tous les détails. Je crois qu'ils espèrent enregistrer la conversation entre Escalante et toi, et obtenir ainsi un moyen de l'inculper.

Ian sentit une brusque montée d'adrénaline l'envahir. Après des mois de sentiment d'impuissance, il allait enfin tenter une action concrète pour arrêter ces hommes et protéger sa famille ainsi que ses employés !

— Peut-être qu'une autre personne devrait également assister au rendez-vous, suggéra Katie, l'air préoccupé.

— La seule personne possible serait mon père. Et il ne peut pas faire cela.

— Pourquoi donc ?

— A cause des élections. Abraham Danforth ne peut pas être vu en compagnie d'un homme qui soit en relation avec des criminels, quand bien même ce serait pour aider la loi. Ses ennemis sauteraient sur l'occasion pour exploiter l'affaire.

— Ian a raison, murmura Jasmine. Vous ne pouvez pas savoir comme les politiciens savent détourner la vérité…

— C'est réglé, déclara Ian. Je vais les appeler.

Quelques minutes plus tard, Katie jetait un regard furtif vers Ian tandis que l'ascenseur les emportait vers le cinquième étage. Cet homme l'impressionnait chaque jour un peu plus. Bien entendu, sa collaboration avec le FBI l'inquiétait, mais elle s'inclinait devant son courage à affronter les criminels.

— Dites-moi, remarqua Ian. Vous sembliez terriblement nerveuse vis-à-vis de Jasmine. Pourquoi donc ?

— Pour rien. Vous avez raison, c'est une femme splendide. J'adore sa façon de s'habiller.

— Ne changez pas de sujet, Katie.

— Eh bien, disons que je n'aime pas beaucoup discuter avec les journalistes, voilà tout.

Ian la dévisagea avec méfiance, les sourcils froncés.

— Vous en avez pourtant côtoyé une bonne douzaine au gala, l'autre soir.

A vrai dire, elle avait été terrifiée à l'idée que Jasmine la reconnaisse, grâce à sa photo qui devait figurer dans le fichier des personnes disparues. Lors de la soirée de bienfaisance, elle avait craint la même chose. Mais elle s'était détendue à mesure que le temps passait, comprenant qu'avec autant de personnalités à se mettre sous la dent, la presse ne se préoccuperait pas d'une débutante égarée hors de sa province éloignée.

En revanche, s'asseoir en face d'une brillante journaliste d'investigation, voilà qui était très différent ! Elle avait senti le regard aiguisé de Jasmine étudier chacun de ses gestes, soupeser chacun de ses mots. L'avait-elle reconnue ?

Ian attendait toujours une réponse. Katie saisit au vol la première pensée qui lui traversa l'esprit.

— A mon avis, avec sa couleur de peau, cette femme ne devrait pas porter de bleu, lâcha-t-elle.

Ian éclata de rire et poussa la porte de son bureau.

— Je ne comprendrai décidément jamais rien aux femmes, dit-il avant d'entrer.

— Sûrement pas, en effet, grommela-t-elle, néanmoins soulagée.

— Surtout, ne les accusez en aucune façon, prévint l'agent du FBI. Nous ne voulons pas qu'ils se méfient, d'accord ?

— Vous êtes certain qu'ils ne vont pas deviner que mon bureau est sur écoute ? demanda Ian.

Bien qu'elle se trouvât à l'autre extrémité de la pièce, il sentait combien Katie était tendue. Bizarrement, il savait qu'elle se souciait plus pour lui que pour elle-même. Et il appréciait d'autant plus cette attitude loyale qu'il avait tout fait pour l'obliger à quitter Danforth & Co…

— D'après nous, reprit l'agent fédéral, Escalante ne s'est pas rendu compte que nous avons fait le lien entre le cartel et lui. Mais s'il soupçonne le moindre piège, la conversation que vous aurez avec lui nous l'indiquera : il sera sur ses gardes et fera très attention à ce qu'il dira.

— Vous serez dans le bureau d'à côté ?

— Tout est prêt. Sincèrement, je ne pense pas qu'ils tenteront quoi que ce soit de dangereux ici.

L'agent glissa un bref regard vers Katie. Il avait insisté pour qu'elle reste à son bureau, afin que tout ait l'air normal.

L'idée qu'elle soit de nouveau ainsi exposée à ces types déplaisait à Ian, mais Katie lui avait démontré que l'agent avait entièrement raison.

— En fait, poursuivait celui-ci, ils ne vont certainement pas laisser passer l'occasion de vous utiliser. Les autorités colombiennes leur mettent de plus en plus des bâtons dans les roues, et le cartel est aux abois.

Puis il quitta la pièce, laissant Ian et Katie seuls.

— Ça va aller ? lui demanda-t-il.

Elle acquiesça du menton et lui adressa un large sourire qu'il devina feint.

Ian jeta un coup d'œil vers le meuble de classement. Le second tiroir cachait un petit micro. S'il voulait éviter que l'homme dans le bureau voisin ne surprenne des paroles trop personnelles, il n'en ressentait pas moins le besoin de rassurer Katie, autant que lui-même, d'ailleurs. Alors, il la prit dans ses bras et la serra contre lui.

— J'apprécie votre soutien dans cette histoire, mademoiselle O'Brien, dit-il du ton neutre qu'emploie un patron vis-à-vis de son assistante.

— Je suis heureuse de vous rendre service, monsieur, répliqua-t-elle d'une voix tout aussi professionnelle, jouant immédiatement le jeu.

Ian sentit la température du corps gracile augmenter la sienne.

— Si, à un moment donné, vous avez peur, levez-vous et quittez la pièce, d'accord ? poursuivit-il avant de l'embrasser doucement et silencieusement, sur les lèvres, puis de chuchoter au creux de son oreille : C'est sans doute le danger, mais je me sens complètement excité. Je me demande comment je vais pouvoir vous laisser seule...

— Je m'en souviendrai, murmura Katie en souriant.

Puis elle répéta à voix haute, pour l'agent qui écoutait :

— Très bien. Si j'ai peur, je me lève et je quitte la pièce.

Ensuite, elle lui rendit son baiser assorti d'un sourire mutin, laissant Ian le souffle court.

— Parfait, dit-il enfin, se réjouissant que le FBI n'ait pas également installé de caméras tandis que son doigt courait le long de la gorge tendre de Katie. Je m'en voudrais terriblement si l'une de mes employées était blessée.

— Votre sollicitude me touche, monsieur Danforth.

La main de Katie caressa la poitrine de Ian à travers la fine chemise de soie, ce qui le fit frémir.

— Et maintenant, déclara-t-elle, je ferais bien d'attendre nos visiteurs dans mon bureau, vous ne croyez pas ?

Il la dévisagea d'un air anxieux avant de la lâcher.

— Oui, vous avez sans doute raison.

Moins de dix minutes plus tard, la porte s'ouvrit sur les deux hommes qui avaient tenté de coincer Abraham Danforth au cours du gala. Escalante marchait en tête. Il dépassa aussitôt le bureau de Katie et fixa la porte de Ian.

— Monsieur Danforth nous attend, lâcha-t-il.

Katie se sentit frissonner sous le regard glacé d'Hernandez, qui l'observait entre ses paupières tombantes. Elle prit rapidement son bloc et précéda les Colombiens devant la porte de Ian, qu'elle ouvrit après avoir frappé.

— Votre rendez-vous de 17 heures est arrivé, annonça-t-elle.

Ian se leva derrière son bureau, feignant d'être interrompu en plein travail. Il salua les deux hommes et les pria d'entrer.

Puis il leur indiqua des fauteuils stratégiquement placés à portée des micros. Katie s'assit également.

— Votre appel nous a fait grand plaisir, monsieur Danforth, attaqua sur-le-champ Escalante. D'après ce que nous avions compris, votre père s'opposait catégoriquement à toute collaboration entre nous.

— Comme je vous l'ai signalé ce soir-là, Abraham Danforth m'a confié les rênes de l'entreprise. Bien qu'il ait encore voix au chapitre, cela va sans dire.

— Tout à fait normal, fit remarquer Hernandez sans quitter Katie des yeux. Un homme doit respecter son père.

— Je crois que mon père s'est montré peut-être un peu trop rapide en refusant de travailler avec vous, monsieur Hernandez, poursuivit Ian. En fait, je ne suis pas entièrement satisfait de la qualité du café que nous livre en ce moment notre fournisseur habituel. J'envisage donc de changer, si ce que vous me proposez est supérieur.

— Nos grains proviennent des meilleurs plants de toute la Colombie, affirma Hernandez, détournant enfin son attention de Katie.

— Cependant, ajouta Escalante, hormis la qualité exceptionnelle du produit, vous auriez d'autres avantages à négocier avec mon ami.

— Lesquels ?

Ian offrait au baron de la drogue un visage attentif et dénué de toute émotion, mais Katie remarqua une lueur dangereuse briller dans ses yeux. Elle retint son souffle et feignit de prendre des notes.

— Nous avons cru comprendre que vous avez eu des ennuis, ici même, dans vos locaux ? reprit Escalante.

« Seigneur, il parle de l'explosion ! » songea Katie, le cœur battant à tout rompre.

— En effet, répliqua Ian, sourcils froncés. Un événement très ennuyeux.

— Notamment pour le *señor*, qui est en pleiné campagne politique, n'est-ce pas ?

— Notamment pour mon père, oui, admit Ian.

Katie comprit que Ian s'efforçait de suivre les instructions des agents du FBI, à savoir laisser parler les Colombiens plutôt que de mener lui-même la discussion.

— Donc, il serait plus salutaire pour tout le monde si de tels... disons, *accidents*, ne se reproduisaient plus ? poursuivit Escalante.

— Bien entendu, répondit Ian d'un ton où transperçait une fureur maîtrisée à grand-peine.

De toute évidence, il lui en coûtait de ne pas pouvoir se jeter à la tête de ces types, lesquels se vantaient pratiquement d'être à l'origine de la bombe qui avait ravagé ses bureaux.

Gardant le silence, Katie s'efforçait d'inscrire sur son bloc des mots le plus neutres possible.

— Elle doit vraiment rester ici ? jeta soudain Hernandez.

— Mlle O'Brien est mon assistante, elle assiste à toutes mes réunions et prend des notes. Il faudra conserver une trace de notre discussion, n'est-ce pas ?

Escalante sourit et posa une main apaisante sur le bras de son associé.

— En quoi la présence d'une secrétaire te gêne-t-elle, mon ami ? Nous ne parlons que d'affaires très innocentes...

— Mais je la connais ! aboya Hernandez.

Le sang de Katie se figea. Mordant sa lèvre inférieure, elle eut un regard désespéré. Le Colombien avait-il vu sa photo dans le *Houston Chronicle* ? Durant quelques instants, plus personne n'ouvrit la bouche. Escalante finit par rompre le silence d'une voix menaçante.

— D'où tu la connais ? Elle est flic ?

Katie lança un coup d'œil à Ian, qui semblait perplexe.

— Non, rétorqua Hernandez. Elle était avec lui, au gala.

— Bien sûr qu'elle y était, reprit Ian en se levant face aux deux hommes. Et alors, quel rapport ?

Les Colombiens échangèrent un regard entendu. Puis Hernandez déclara avec un sourire suffisant :

— Nous comprenons, *señor*. C'est un arrangement très pratique et astucieux ! Rien à dire…

— Revenons à nos affaires, ajouta Escalante tandis que Ian se rasseyait. Nous voulons vous assurer que nous prenons très au sérieux la sécurité de nos partenaires. Je vous garantis personnellement que vous n'aurez plus à déplorer de nouveaux… incidents si vous achetez le café de mon associé.

— Et comment pouvez-vous me garantir cela ?

« … à moins que vous ne soyez les responsables de cette explosion », compléta en silence Katie.

Les Colombiens lurent dans les yeux de Ian quelle réponse il attendait, mais ne mordirent pas à l'hameçon.

— Nous savons protéger nos intérêts, voilà tout, se contenta d'énoncer Escalante avec un geste vague de la main. Je crois que vous comprenez notre point de vue, *señor*. Vous savez où nous joindre.

Puis il se leva, et les deux hommes quittèrent la pièce sans un mot de plus.

Leur départ provoqua chez Katie un frisson de soulagement. Debout derrière son bureau, Ian la fixait, immobile.

La porte du couloir claqua, mais ni l'un ni l'autre ne fit encore le moindre geste.

— Tout cela n'a servi à rien, déclara enfin Ian.

Le FBI fut du même avis que lui. Les Colombiens n'avaient rien dit au cours de l'entretien qui puisse être retenu contre eux dans un tribunal. Rien qui les implique dans l'attentat à la bombe, ou qui les catalogue autrement que comme des hommes d'affaires tentant de façon brutale d'obtenir de nouveaux marchés.

Néanmoins, la tension avait été vive, et longtemps après que les agents eurent remballé leur matériel d'enregistrement et quitté l'immeuble, Katie tremblait encore.

Assise au bureau de Ian, elle sirotait une tasse de café. Décaféiné, cette fois, afin d'épargner ses nerfs à vif.

— Merci, Katie.

Elle releva la tête vers Ian, qui se tenait près d'elle.

— Merci de quoi ? D'avoir éveillé leur méfiance par ma présence ?

— Votre présence, justement, m'a rappelé de tenir ma langue, souligna Ian, qui l'extirpa de son fauteuil et la serra contre lui. Bon sang, jamais je n'aurais dû accepter de vous mêler à ça ! La façon dont ces salauds vous regardaient m'a fait horreur. Comme vous avez dû vous sentir humiliée !

— Tout va bien, je vous assure.

Sans la lâcher, il se recula un peu pour étudier son visage.

— Vous avez pourtant une tête épouvantable.

— Vous savez manier les compliments, vous !

Ian éclata de rire.

— Je devrais peut-être vous insulter plus souvent ? Les muscles de votre dos se sont détendus un instant.

Katie ferma les yeux sous le flot de chaleur qui la traversa. Ian la massait entre les omoplates et le long de la colonne vertébrale. C'était divin !

— Insultez-moi autant que le cœur vous en dit, pourvu que vous continuiez à me masser de cette manière, soupira-t-elle.

Les mains de Ian s'interrompirent brusquement.

— Katie, il faut que vous compreniez quelque chose.

— Oui, murmura-t-elle d'un ton languide, les yeux clos, fondant sous le contact de ses paumes.

— Il existe d'excellentes raisons à ce que vous ne travailliez pas ici.

— N'en parlons plus…

98

Les mains de Ian bougeaient de nouveau dans son dos. Merveilleux. Chaque pression de ses doigts puissants semblait plus intense, évacuant la tension que ce rendez-vous avec les Colombiens avait engendrée.

— Je me soucie beaucoup de vous, Katie. Et si je n'ai pas encore trouvé comment réagir à mes sentiments pour vous, je sais au moins une chose : je ne veux pas qu'il vous arrive du mal.

Le ton protecteur de Ian fit se raidir Katie instinctivement.

— Je suis une grande fille. Je peux m'occuper de moi toute seule.

— La plupart du temps… je n'en doute pas ! Mais là, ça devient sérieux, Katie. Le simple fait de vous voir dans la même pièce que ces types m'a rendu malade.

— Ian, je vous assure, les menaces sous-jacentes de ces… bandits m'ont un peu bouleversée le temps de leur présence, mais tout va bien, maintenant, répliqua-t-elle en lui adressant un regard irrité.

— Mais pas pour moi, bon sang ! s'écria-t-il en la repoussant, non sans brusquerie, des éclairs plein les yeux. Je suis vraiment inquiet pour vous, Katie. Imaginez que ces ordures s'attaquent à vous pour faire pression sur moi ?

— Allons, je ne suis que votre assistante. Pourquoi voulez-vous qu'ils s'en prennent à une simple employée ?

— Non, Katie. Ils ont vu que nous formions un couple lors du gala. Dans certains pays, les hommes donnent un job à leurs maîtresses pour les avoir à portée de main.

Il frappa le bureau d'un poing rageur.

Sa colère ravivait celle de Katie, prête à exploser, elle aussi. C'est la gorge nouée par les larmes qu'elle lui répondit :

— Vous donnez à cette histoire des proportions démesurées, Ian. Mais enfin, pourquoi ne me traitez-vous pas comme toutes les autres femmes qui travaillent ici ?

— Parce que je veux être avec vous, bon sang de bonsoir, maugréa-t-il.

Katie le dévisagea, essayant de découvrir ce que cachaient ces paroles dénuées de romantisme, clamées de cette manière. Que souhaitait réellement Ian ?

Après une profonde inspiration, elle articula calmement :

— Ian, il est évident que vous me plaisez.

En fait, elle mourait même d'envie qu'il la touche de nouveau, maintenant, malgré leur dispute…

— Mais, pour le moment, je ne souhaite pas m'engager dans une histoire sérieuse, reprit-elle. Or, c'est bien ce que vous attendez d'une femme, n'est-ce pas ?

Ian blêmit, comme si elle l'avait giflé.

— Mais vous seriez d'accord pour une simple aventure, c'est ça ? grinça-t-il. Une histoire sans importance ?

— Ce n'est pas ce que j'ai dit !

Il détournait ses mots, leur donnait une connotation vulgaire, songea Katie, furieuse.

Simplement, elle savait que s'engager avec Ian Danforth dans une relation à long terme ne lui apporterait que des ennuis. Il était une personnalité de Savannah, le genre d'homme que la presse traquait en permanence, pour savoir où il dînait et avec qui.

Pour autant qu'elle sache, elle avait réussi à éviter les photographes au gala. Mais si un journaliste découvrait que Ian et elle formaient un couple, sa photo sortirait à coup sûr dans une douzaine de rubriques mondaines à travers le pays.

— Je ne veux pas d'un homme qui me considère comme sa propriété, se justifia-t-elle, ce qui, après tout, était vrai.

Ian secoua la tête et la considéra d'un air incrédule.

— Je ne suis pas comme ça, Katie ! protesta-t-il doucement, avant de l'attirer dans ses bras. Laissez-nous une chance de mieux nous connaître, d'accord ?

Elle se dégagea et recula d'un pas, les yeux rivés sur le sol, incapable de croiser le regard de Ian. Seigneur ! Comme elle aurait voulu lui dire la vérité ! Si seulement elle pouvait se blottir dans ses bras et le laisser décider de tout… Mais en agissant de cette manière, elle dirait adieu à sa liberté toute neuve.

— Toute ma vie, les gens m'ont étouffée de leur amour, murmura-t-elle. J'en ai assez.

Elle s'éloigna en direction de la porte, sans que Ian tente de la retenir. Une boule au fond de sa gorge l'empêcha de déglutir. De violents sanglots la secouèrent et emplirent ses yeux de larmes. Désespérée, elle songea que, malgré tous ces beaux discours, elle ne voulait pas quitter Ian. Oh, non ! Elle avait tant besoin qu'il la prenne dans ses bras, qu'il la touche. Mais devenir sa maîtresse était impossible dans ces circonstances…

La main sur la poignée, submergée de chagrin, le visage inondé de larmes, Katie se retourna vers lui.

— Vous savez, chuchota-t-elle, si un homme me laissait être moi-même, je pourrais en tomber amoureuse.

Puis elle ouvrit la porte et s'apprêtait à la franchir, lorsque deux mains vigoureuses l'agrippèrent et la ramenèrent en arrière. Dans les bras de celui qu'elle désirait de tout son être.

— Bon sang, Katie ! Vous m'embrouillez sacrément…

Il secoua la tête, comme si les mots ne parvenaient pas à exprimer la force de ses émotions. Il la serra contre lui, l'étouffant presque. Puis il pressa ses lèvres contre les siennes pour un baiser avide, exigeant, brûlant.

Alors, Katie tira sur les pans de la chemise de Ian jusqu'à ce qu'elles sortent de son pantalon pour qu'elle puisse poser ses mains sur le torse puissant et sentir sous ses doigts la toison tiède, légèrement frisée qu'elle avait imaginée dans ses rêves.

Ian gémit sous sa bouche et fit courir ses mains sur ses hanches, les insinua sous la soie délicate du slip puis prit ses fesses à pleines paumes, l'attirant au plus près de son désir tendu.

Katie sentit un torrent de lave brûlante couler au plus profond d'elle-même.

Cela faisait longtemps qu'elle n'avait pas fait l'amour. Et les deux amants étaient presque encore des gamins.

Ian n'était pas un gamin.

Il souleva Katie et, sans cesser un instant de l'embrasser, la porta sans effort à l'extrémité de la pièce. Parvenu devant le canapé de cuir, il y allongea la jeune femme et s'étendit aussitôt sur elle. Au travers des quelques vêtements qu'il lui restait, elle sentit la chaleur de sa peau se fondre à la sienne.

Envolées, toutes ses préoccupations d'indépendance ! Si, quelques minutes auparavant, le fait d'être avec Ian lui avait paru présenter une menace, comment imaginer, en ce moment même, ne pas se trouver ainsi, tout contre lui ?

Croisant les doigts derrière la nuque de Ian, Katie rapprocha sa tête afin que leur baiser soit plus profond encore. Vivante. Elle se sentait absolument vivante. Ivre d'une fièvre séductrice qu'elle savourait comme un nectar.

L'érection de Ian qu'elle sentait pressée contre elle lui apprit la puissance de son envie. Katie s'apprêtait à lui demander s'il avait des préservatifs, lorsque le bruit d'une porte qui s'ouvrait dans le lointain vint rompre son ravissement.

Ian se raidit au-dessus d'elle, haletant contre son oreille.

— Qui est-ce ? appela-t-il en direction du bureau de Katie.

— Ian, tu es là ?

— Qui est-ce ? répéta Katie d'une voix rauque et basse.

— Mon frère, Reid !

Ian se releva vivement et bondit vers la porte qu'il ferma à clé. Juste à temps ! Une seconde plus tard, la poignée tournait dans le vide.

Katie s'assit et reboutonna précipitamment son chemisier. Elle jeta à Ian un regard paniqué mais resta silencieuse.

— Accorde-moi une minute, j'arrive tout de suite, Reid, assura-t-il à travers la porte.

— D'accord, d'accord, répondit une voix perplexe, suivie d'un éclat de rire. Eh, pourquoi as-tu fermé à clé ? Tu as une poulette bien chaude avec toi là-dedans, grand frère ?

— Bien sûr. Comme tous les jours, d'ailleurs ! répliqua Ian en adressant un clin d'œil à Katie.

— Ça suffit ! siffla-t-elle, ramassant jupe et chaussures éparpillées sur le sol.

Ian lui adressa un large sourire et chuchota :

— Eh, tout va bien. Je vais me débarrasser de lui. Ne bougez pas de là, surtout.

Puis il déverrouilla la porte et l'entrouvrit juste assez pour se glisser dans le bureau voisin tandis que Katie serrait ses vêtements contre sa poitrine.

Enfin, elle reprit son souffle et enfila sa jupe, ses doigts tremblants luttant avec le bouton de fermeture.

Cet homme était-il donc cinglé ? se demanda-t-elle.

Plus grave encore, avait-elle, elle, complètement perdu la tête ? Que fichait-elle, à moitié nue, dans le bureau de son patron ? Etait-ce une façon de se révolter contre ses parents ? A moins qu'elle n'ait tout simplement perdu la capacité de se comporter de manière sensée ?

Terminant en vitesse de s'habiller, elle quitta le bureau de Ian par une porte qui donnait sur la salle de réunion. Elle entendit les deux frères de l'autre côté du mur. Ils riaient.

Katie ne devinait que trop bien la raison de leur hilarité… Mais après tout, n'était-ce pas, d'une certaine façon, de sa faute ? N'avait-elle pas affirmé à Ian qu'une relation sérieuse ne l'intéressait pas ? Comment en vouloir à un homme d'adapter ce type de déclaration à son propre désir ?

C'était si naturel d'avoir une… aventure, comme il disait.

Katie sentit sa gorge se nouer, des larmes affluer. Mais elle n'avait pas le temps de les laisser couler.

La salle de réunion donnait également sur le couloir. Après avoir vérifié que la voie était libre, elle se rua dans l'escalier et dévala les cinq étages en moins de temps qu'il n'en faut pour le dire. Elle ne s'arrêta de courir qu'une fois arrivée devant son immeuble, et encore, parce qu'elle dut sonner à l'Interphone d'un voisin pour pouvoir entrer. Impossible de faire autrement : son sac et ses clés étaient restés dans son bureau. Mais plutôt mourir que de retourner les chercher ce soir !

7.

Ian leva les yeux du projet d'investissement que lui avait communiqué sa cousine Imogene, spécialiste en placements financiers. Il devait la rencontrer ce matin. Malheureusement, il n'avait pas la tête aux affaires.

Un regard à la pendule sur son bureau lui indiqua l'heure : 8 h 45. Katie était en retard. Mais réapparaîtrait-elle seulement, après leur séparation forcée de la veille ? Pas sûr, songea-t-il. Bien qu'il ait maintes fois tenté de la joindre, elle n'avait pas décroché son téléphone la nuit dernière.

Les paupières closes, Ian jura intérieurement contre lui-même, contre Katie… contre les femmes en général. Bon sang, comme les relations avec elles étaient toujours compliquées ! Surtout Katie, sans doute la fille la plus farouche au monde… Secrète, aussi, mais qui n'avouerait jamais ce qui la hantait.

Pourquoi ne lui faisait-elle pas confiance ? Quelle terrible vérité cachait-elle, au point de ne pas oser lui en faire part ? Les quelques hypothèses qui lui vinrent à l'esprit suffirent à le bouleverser. Bon Dieu ! Il avait les moyens de l'aider, non ? Suffisamment d'argent et d'influence pour la protéger de quelque danger que ce soit…

Le son métallique d'un tiroir qui s'ouvrait dans le bureau voisin le sortit de ses sombres pensées. Ian sauta sur ses pieds et se rua vers la porte, qu'il ouvrit brutalement.

Katie fit un bond en arrière, lâchant son classeur.

— Vous êtes cinglé ! Ne faites plus jamais ça, d'accord ? J'ai cru mourir de peur lorsque vous avez déboulé comme un diable hors de sa boîte…

Ian se renfrogna aussitôt, oubliant son discours plein de tact soigneusement mis au point.

— Où êtes-vous allée hier soir, nom de Dieu ? rugit-il.

— Chez moi, répondit-elle, feuilletant son classeur d'un air très absorbé.

— Mais pourquoi ?

Katie lui jeta un regard glacé avant de répliquer.

— C'est évident, non ? Notre petit corps à corps sur votre canapé vous a bien fait rire, votre frère et vous, n'est-ce pas ? En tant que sujet de votre hilarité, j'ai préféré ne pas traîner par ici.

— Nous n'étions pas en train de rire de vous, Katie, maugréa-t-il. Au contraire, je m'efforçais de le pousser à partir. Mais il tenait absolument à me répéter une blague que lui avait racontée un responsable commercial. Et je n'ai pas pu le chasser avant.

— Si vous le dites.

— C'est la vérité ! Si vous aviez attendu cinq minutes de plus, nous aurions été seuls de nouveau, et… nous aurions terminé ce que nous avions commencé, ajouta-t-il après s'être rapproché d'elle, lui effleurant la taille.

Elle se raidit à son contact, mais son regard se voila. Ian se sentit rassuré : au moins, il ne lui était pas insensible !

— J'ai changé d'avis, murmura-t-elle. C'est tout simplement impossible, Ian.

— Pourquoi donc, bon sang ? Votre comportement prouvait tout le contraire avant que Reid ne débarque, non ?

Katie se détourna, mais il la retint, l'obligeant à lui faire face. Il dit doucement :

— Vous savez bien que je ne veux pas vous blesser, Katie. Qu'est-ce qui vous effraye donc à ce point ?

— Rien, répondit-elle, refusant de croiser son regard.

— Si, et c'est quelque chose de grave. Vous faites tout votre possible pour éviter d'avoir avec moi des rapports autres que professionnels. Sauf de temps à autre, lorsque vous vous laissez aller : votre cœur prend le pas sur votre tête, et votre corps commence à me parler.

— N'importe quoi.

— Ah oui ? Et hier alors, sur le canapé ? Vous allez prétendre que je vous ai forcée, peut-être ?

— Bien sûr que non.

— Alors, expliquez-moi comment c'est arrivé, si je ne vous intéresse pas, hein ? Et pourquoi ce bobard sur le fait de tomber amoureuse, puisque vous ne voulez pas d'histoire sérieuse entre nous ?

— Ne criez pas si fort, supplia-t-elle, au bord des larmes.

— Mais je ne crie pas ! hurla-t-il avant de sursauter au son de sa propre voix. J'essaye simplement de comprendre. Vous m'envoyez en permanence des signaux contradictoires, poursuivit-il plus doucement. Vous voulez être avec moi, et en même temps, vous semblez terrifiée à l'idée que l'on nous voie ensemble en public. Je ne sais pour ainsi dire rien de vous. Katie, qui êtes-vous, et pourquoi agissez-vous ainsi ?

— Je ne suis personne, sanglota-t-elle. Je cherche juste à découvrir qui je peux être, ce que je suis capable de faire, et à me débrouiller toute seule. Est-ce trop demander ?

— Ces objectifs sont tout à fait valables, et je les respecte.

Ian fronça pensivement les sourcils avant de poursuivre.

— Est-ce que vous vous rendez compte que, lorsque je vous ai vue pour la première fois, vous m'avez paru la femme la plus sûre d'elle-même que j'aie jamais rencontrée. Vous dégagiez une de ces énergies ! Avec vous, une véritable tempête s'est abattue ici, sur moi, les meubles, le travail quotidien… Quel chamboulement !

— Oui, n'est-ce pas ? dit-elle avec un faible sourire.

— Absolument. De plus, vos yeux si verts m'ont coupé le souffle, ainsi que vos boucles rousses, et… tout le reste, ajouta-t-il.

Ian laissa son regard caresser la silhouette de Katie, puis ses yeux revinrent se poser sur ceux de la jeune femme.

— Vous m'avez redonné l'envie, Katie. Vous m'avez redonné l'envie d'oser prendre des risques.

Elle s'empourpra, cligna des yeux mais resta silencieuse.

— Ecoutez-moi, enchaîna-t-il. Je respecte votre désir de vous trouver, votre besoin d'expérience, si vous pensez que c'est si important. Mais je ne comprends pas en quoi ma présence dans votre vie vous gênerait dans cette démarche. De plus, je voudrais, pour une fois, que vous répondiez franchement à une seule question : qui vous effraye donc à ce point ?

Katie renifla et essuya les larmes sur ses joues.

— Honnêtement, je ne peux pas vous le dire.

— Vous me croyez capable de vous trahir ? Vous ne me faites pas confiance ?

— Si, Ian…

L'émeraude si profond de ses yeux adorables brillait de larmes. Il sentit son cœur se briser.

— Simplement, j'ai peur que vous ne compreniez pas les choses à ma façon, reprit-elle. Et que vous vous sentiez obligé de réagir. Je n'y suis pas encore prête. S'il vous plaît, laissez-moi un peu de temps pour tout arranger comme je l'entends, d'accord ?

Ian la dévisagea un moment, puis hocha la tête et retourna dans son bureau. Il en ferma la porte, ajoutant une barrière physique à l'obstacle moral que Katie venait d'ériger entre elle et lui.

Au diable le boulot ! songea-t-il. Il n'arriverait à rien, de toute façon.

Un peu plus tard, Katie franchissait le seuil du D & D au rez-de-chaussée, ayant hâte de faire sa pause cappuccino du matin.

Mais elle eut un mouvement de recul en voyant Ian installé près du comptoir avec Imogene Danforth. Lorsque les deux cousins avaient quitté le bureau une demi-heure auparavant, elle n'avait pas compris qu'ils se rendraient ici même, sur ce qu'elle considérait comme son territoire. En effet, elle venait fréquemment dans l'agréable café pour se détendre en compagnie d'autres employés.

Elle tenta de les contourner sans se faire remarquer, mais Ian l'aperçut et lui fit signe d'approcher.

Imogene tendait à Ian la liasse de feuilles annotées qu'ils avaient manifestement étudiées ensemble, puis referma sa mallette d'un coup sec.

— Voilà, ce sera tout. Ces placements devraient permettre à Danforth & Co de se défendre convenablement sur le marché financier. Il s'agit d'un excellent investissement.

— Ça me paraît très bien. Merci, Imogene.

Celle-ci jeta un vague coup d'œil à Katie qui attendait, debout derrière la chaise de Ian. Elle lui fourra des papiers dans les mains et ordonna sans même croiser son regard :

— Vous pouvez monter nous photocopier ça au plus vite, mon petit ? Faxez-les-moi cet après-midi.

Puis elle consulta sa montre au bracelet serti de diamants et se tourna vers Ian.

— J'ai un autre rendez-vous dans dix minutes. Il faut que je me sauve, cousin. Souhaite bonne chance à Abraham de ma part. Il s'est embarqué dans une nouvelle campagne, si je comprends bien ?

Tandis qu'elle l'embrassait rapidement sur la joue, Ian hocha la tête en remarquant :

— Cet homme est encore plus dynamique que moi.

Tout en laissant échapper un rire d'approbation, Imogene atteignait déjà la sortie.

— Je vais aller faire ces copies immédiatement, murmura Katie.

Elle n'avait guère apprécié de se faire traiter comme une simple employée de bureau. Sa fierté de jeune héritière d'une des familles les plus huppées de tout l'état de l'Arizona en prenait un sacré coup ! Mais après tout, se raisonna-t-elle, c'était son travail, et il n'y avait pas vraiment matière à se plaindre. Sauf que, à la place d'Imogene, elle aurait ajouté un « s'il vous plaît », et l'aurait au moins remerciée d'un sourire avant de lui demander d'effectuer une tâche subalterne.

Cela dit, elle ne l'en admirait pas moins. Imogene était une femme indépendante, menait une brillante carrière de courtière en placements, affichait un sang-froid remarquable et portait de somptueux vêtements.

Elle tourna les talons, prête à remonter à son bureau.

— Attendez ! ordonna Ian.

Katie pivota et, lentement, s'approcha de la table de Ian.

— Ecoutez, dit celui-ci en lui avançant une chaise. Je vous dois des excuses.

— Non, Ian, pas du tout. Avec ce que votre famille et votre entreprise traversent en ce moment, vous devez vous montrer prudent. Mon comportement vous semble incompréhensible, et cela vous pose forcément problème.

Elle haussa les épaules et plongea son regard droit dans ses yeux sombres.

— Je vous supplie de me croire, Ian. Mes problèmes n'ont rien à voir avec les Danforth. Je ne présente aucun danger pour votre société ou pour la campagne de votre père, si c'est ce que vous craignez.

— Je crains surtout pour vous, Katie. Si vous avez des ennuis…

Elle leva la main pour l'interrompre, mais il l'ignora.

— … je veux vous aider, poursuivit-il fermement. Laissez-moi le faire.

110

— C'est mon problème, Ian, répliqua-t-elle en hochant la tête. Je dois me débrouiller toute seule.

Il lui prit la main. En dépit de sa volonté de maintenir une certaine distance entre eux, le contact la réconforta.

— Ne fuyez pas la vérité, insista Ian. Même si elle vous effraye, il vaut mieux l'affronter. Peu importe son visage.

Katie éclata de rire.

— On dirait que vous pensez que je suis une sorte de criminelle en cavale.

— C'est le cas ? demanda-t-il en levant un sourcil noir.

— Pas le moins du monde, soupira-t-elle, brûlant de tout lui avouer.

L'idée de le tromper plus longtemps la rendait malade ! Bientôt, elle lui révélerait son identité. D'ailleurs, la vraie Katie O'Brien pouvait rentrer à Savannah un jour ou l'autre. Katherine avait donné à Holly le numéro de sécurité sociale de son amie, et elle connaissait suffisamment la loi pour savoir le risque encouru à falsifier des fiches de paye. Si Holly n'avait pas encore remarqué que le numéro qu'elle lui avait communiqué ne correspondait pas à son identité, c'est uniquement parce qu'elle était débordée.

En avouant à Ian qui elle était réellement, Katie craignait que, outre l'usurpation d'identité qu'elle lui avait cachée, Ian ne désapprouve son attitude vis-à-vis de ses parents. Lui qui était très proche de sa propre famille. Sa vie se déroulait entièrement autour du cercle social et professionnel du clan Danforth. Jamais il ne pourrait comprendre qu'elle considère ses parents comme des ennemis !

— Bon, je dois remonter dans mon bureau. J'ai une tonne de travail. Et mon boss est un tyran, ajouta-t-elle avec un sourire malicieux.

— C'est ce que pensent mes employés de moi ? demanda Ian, lui souriant en retour.

Katie secoua ses boucles flamboyantes et leva les yeux au ciel.

— En fait, si vous entendiez les commérages autour de la fontaine à eau, vous en rougiriez. A moins que vous preniez la grosse tête, bien sûr !

Elle se pencha vers lui et chuchota :

— Vous êtes en tête de liste des hommes recherchés par les femmes célibataires.

Il cligna des yeux, surpris, et partit dans un grand éclat de rire. Puis il se leva pour suivre Katie. Elle traversa rapidement le hall de l'immeuble, Ian sur ses talons.

— Promettez-moi seulement que, si vous changez d'avis à propos de mon aide, vous viendrez me voir, dit-il pendant qu'ils attendaient l'ascenseur.

— Je vous le promets.

Comme elle entrait dans la cabine, un mouvement dans le hall bondé attira soudain son attention. Une paire de larges épaules. L'éclair d'un profil familier. L'homme vêtu d'un blue-jean se tourna vers elle, et leurs regards se croisèrent à travers le mince espace entre les portes de l'ascenseur qui se refermaient lentement.

Le cœur battant à tout rompre, le souffle coupé, les genoux flageolants, Katie laissa échapper un cri involontaire.

— Quoi ? demanda Ian, aussitôt alarmé.

Incapable de répondre, incapable de respirer, la poitrine en feu, elle jeta un regard éperdu autour d'elle, comme prise au piège.

L'homme bouscula les gens et se rua vers l'ascenseur, criant qu'on l'attende. Il tendit la main vers les portes qui se fermaient, une expression d'urgence peinte sur le visage.

Horrifiée, Katie entendit les poings de l'homme marteler les parois extérieures de la cabine qui entamait son ascension. Les gens chuchotèrent nerveusement dans son dos.

— Voilà qui s'appelle être pressé, marmonna l'un d'eux avant de s'esclaffer.

Katie n'osa pas regarder Ian, mais elle sentit qu'il l'observait attentivement. Peu importe, se dit-elle, elle avait dans l'immédiat un souci plus important qu'un patron déconcerté.

Dès que les portes s'ouvrirent sur le palier du cinquième étage, elle se précipita à l'extérieur, l'esprit en ébullition.

Ian courut derrière elle.

— Qui est cet homme ?

Mais elle ne pouvait prononcer un seul mot, ni même décider de la marche à suivre. Ils l'avaient retrouvée ! Son frère Dennis avait, Dieu sait comment, suivi sa trace jusqu'à Savannah.

Que faire, maintenant, que faire ?

— Katie, je vous en supplie, parlez-moi !

Ian l'attrapa par le bras, mais elle se dégagea aussitôt.

— Ce type vous harcèle, c'est ça ? Nous allons appeler la police, insista-t-il.

— Non, Ian, ne faites pas ça, s'il vous plaît. Tout va bien, je vous assure, vraiment…

Mettre Ian au courant ne servirait à rien. Il ne ferait que lui rendre les choses plus difficiles. Jamais il ne pourrait comprendre. Elle se remit à courir vers la cage d'escalier, et lui lança par-dessus son épaule :

— Je ne peux pas rester. Il faut que je… Je reviens. Laissez-moi juste régler quelques trucs…

Avec un peu de chance, elle parviendrait à quitter l'immeuble et à rentrer chez elle avant que Dennis ne la rattrape. Elle y serait plus tranquille pour réfléchir.

— Katie !

Son nom prononcé par la voix de Ian l'enveloppa comme une vague tiède, l'attirant vers lui.

Mais elle ne ralentit pas.

*
**

L'attitude de Katie déchira Ian.

Elle fuyait un *homme*. Et lui, Ian, ne voulait pas d'un autre homme dans la vie de Katie. Peu importe s'il se montrait ainsi égoïste.

Si elle était aussi bouleversée à la vue du beau jeune homme coiffé d'un Stetson qu'il avait aperçu dans le hall, peut-être qu'elle l'aimait encore. Peut-être qu'elle allait le rejoindre. Dans ce cas, jamais Katie ne pourrait l'aimer. Et lui ne saurait jamais ce qu'aimer la jeune femme pourrait lui offrir.

Pour la première fois, il comprenait pourquoi tous les deux se chamaillaient pour la moindre bricole : il était comme un petit garçon de maternelle qui s'en prend à la petite fille qu'il aime bien. En fait, il avait tiré sur les nattes de Katie, au sens figuré, s'entend, depuis son arrivée chez Danforth. Il l'avait embêtée, malmenée, il avait même essayé de la chasser de son bureau. Et comme rien de tout cela n'avait marché, il avait fini par comprendre ce dont il avait réellement envie depuis le début : l'amour.

« Décidément, l'esprit masculin est vraiment pervers », se dit-il.

Il l'appela trois fois à son appartement au cours de l'après-midi. Elle ne répondit pas. Soit elle n'était pas là, soit elle ne voulait pas entendre sa voix.

A moins qu'elle n'ait pas osé rentrer chez elle, tellement ce type la terrifiait ? Avant de quitter à son tour le bureau, Ian vérifia dans les couloirs et au café que l'homme ne s'y trouvait pas. Le cas échéant, il n'aurait pas manqué de lui demander pourquoi il traquait Katie. Mais le jeune homme au Stetson resta invisible.

Cette nuit-là, Ian devint presque fou d'inquiétude. Il téléphona de nouveau chez Katie, laissant trois messages lui demandant de le rappeler. Il fut sur le point de prévenir la police, mais se souvint qu'elle l'avait supplié de lui faire confiance. Or, s'il trahissait cette confiance en suivant son instinct, elle le détesterait.

Un tout petit fil les reliait désormais, qu'il n'osait pas rompre…

114

D'ailleurs, ne lui avait-elle pas déclaré à plusieurs reprises qu'elle devait apprendre à se débrouiller seule, à découvrir ce dont elle était capable ? Après tout, peut-être considérait-elle cette affaire comme un test personnel ? S'il ne respectait pas ses désirs, cela se retournerait complètement contre lui.

Alors, Ian attendit tout au long de la nuit, faisant les cent pas dans son appartement, buvant beaucoup trop de bourbon et espérant de toutes ses forces qu'il ne se trompait pas…

Le lendemain matin, en arrivant au bureau, Ian commanda *deux* tasses du meilleur café au D & D. Comme habitude, songea-t-il. Mais Katie allait-elle venir après ce qui s'était passé la veille ?

Lorsqu'il ouvrit la porte de la direction générale, il la vit assise derrière son bureau, le visage pâle et l'air épuisé, mais calme.

Elle leva les yeux vers lui, puis vit le café.

— Oh, merci beaucoup, dit-elle doucement. Cette exquise caféine ne peut que me faire du bien, surtout que votre réserve personnelle est vide.

Elle lui prit une tasse des mains et but une longue gorgée, en poussant un soupir de satisfaction.

Ian hésita, ne sachant que dire pour ne pas se montrer indiscret ni empiéter sur un domaine qu'elle cherchait tant à préserver.

— Tout va bien ? demanda-t-il avec précaution.

— Ça va aller, répliqua-t-elle en lui souriant timidement, avant de reprendre une nouvelle gorgée. Bientôt, nous parlerons tous les deux. De tout, je vous le promets. Je dois juste éclaircir quelques détails dans ma tête avant d'essayer de les expliquer à quelqu'un d'autre, vous comprenez ?

Ian opina du chef.

— Je serai là, dès que vous vous sentirez prête, Katie.

— Merci, dit-elle en lui souriant un peu plus largement.

Il marcha vers son bureau dont il ferma doucement la porte derrière lui. Puis il lâcha un chapelet de jurons. Ne pas maîtriser lui-même la situation était certainement ce qui lui coûtait le plus dans la vie ! Sa nature lui commandait de ne jamais rester sans rien faire devant la souffrance d'un proche. Et, bien que Katie lui présente un front courageux, il savait qu'elle souffrait.

Voilà ce qui avait été le plus difficile lorsqu'il avait perdu son bébé à naître : son impuissance à empêcher que cela ne se produise. Le même sentiment d'impuissance l'habitait aujourd'hui.

Au cours de cette journée et de la suivante, Katie se sentit terriblement oppressée. Son frère risquait d'ouvrir la porte et d'entrer dans le bureau. Mais elle ne pouvait tout de même pas se terrer chez elle en attendant qu'il quitte Savannah.

Elle décida que, quoi qu'il arrive, elle devait continuer ses activités quotidiennes. En outre, plus elle y réfléchissait, plus il lui paraissait probable que Dennis était entré dans l'immeuble par hasard, au cours de ses recherches dans la ville. Qu'ils se soient retrouvés en même temps au même endroit relevait du simple hasard !

Même en imaginant qu'il aille vérifier au service des ressources humaines si elle faisait partie du personnel, il demanderait Katherine Fortune, inconnue des fichiers, bien sûr. Il n'avait aucun moyen de savoir qu'elle était devenue Katie O'Brien. Et Katie n'était qu'une de ses nombreuses amies de collège et n'avait jamais eu l'occasion de rencontrer sa famille. Pas grand-chose à craindre, donc. Cependant, par sécurité, elle allait utiliser les escaliers de service lors de ses allées et venues. Et d'ici à quelques jours, Dennis aurait sûrement quitté Savannah.

Tout ce qu'elle demandait, c'était un peu de temps. Lorsqu'elle aurait obtenu un poste fixe chez Danforth & Co, elle pourrait dire à ses parents : « Vous voyez, j'ai choisi ma vie, j'ai un emploi, je subviens seule à mes besoins, et je suis heureuse. » Son père serait alors bien obligé de lui accorder son indépendance, non ?

Deux jours passèrent, et son inquiétude concernant son frère diminua. En revanche, elle sentait la tension émanant de Ian s'accroître. De fait, il gardait ses distances vis-à-vis d'elle... Etait-ce juste pour la laisser respirer comme elle lui avait demandé ? Ou bien — et le cœur de Katie se serrait en songeant à cette éventualité — reconsidérait-il leur relation et profitait de cette situation pour s'éloigner d'elle imperceptiblement ?

Katie se promit de tout lui expliquer dès le lendemain. Il faudrait qu'elle s'efforce de réduire l'impact des mensonges qu'elle lui avait tenus. Et qu'elle choisisse soigneusement ses mots, pour bien lui faire comprendre son point de vue : elle ne détestait pas sa famille, et ne leur refusait pas le droit de savoir qu'elle était en sécurité. Simplement, elle voulait être elle-même, ce qui était difficile pour une femme portant le nom de Fortune.

En attendant, les bras de Ian lui manquaient terriblement. Pourvu qu'il veuille toujours d'elle après avoir appris la vérité !

L'après-midi touchait à sa fin. Ian referma le dossier remis par Imogene. Tous ces chiffres ne lui évoquaient rien d'autre qu'un essaim d'abeilles affolées bourdonnant dans sa tête.

Cela ne pouvait plus durer.

Il s'apprêta à sonner Katie par l'Interphone de son bureau, mais changea d'avis. Se levant, il alla vivement dans la pièce voisine, où elle travaillait devant l'ordinateur.

— Katie ?

Elle sursauta.

— Du calme, je ne suis pas le grand inquisiteur.

Elle tourna son siège vers lui. Il vint poser les mains sur ses épaules et plongea son regard dans le sien. Les joues de Katie s'empourprèrent, ses yeux de jade s'agrandirent, mais elle ne baissa pas les paupières. Ian aurait tout donné pour la prendre dans ses bras et ne plus la lâcher.

— Il se fait tard, dit-il. Vous devriez être partie depuis une bonne heure.

— Ce n'est pas grave, répliqua-t-elle. Il reste du travail à faire, et rien de particulier ne m'attend à la maison.

Attendait-elle qu'il fasse nuit pour quitter l'immeuble ? Toujours pour fuir ce type ? s'interrogea Ian.

— J'ai envie de vous embrasser, lâcha-t-il tout à trac.

Les mots lui avaient échappé sans qu'il puisse les retenir.

Elle le dévisagea avec attention, comme une enfant examinant sa poupée.

— Cela me ferait grand plaisir, répondit-elle enfin.

Puis elle se leva et se blottit contre lui. Il eut le sentiment que l'univers tout entier s'était soudain réduit au petit espace qu'occupaient leurs corps soudés l'un à l'autre. Katie renversa la tête, lui offrit ses lèvres, et le reste n'exista plus.

Ian l'embrassa comme il avait rêvé de l'embrasser depuis le premier instant. Il prit possession de sa bouche, enlaçant au plus près le corps mince. Lorsqu'il s'interrompit enfin pour reprendre haleine, les yeux verts s'emplirent aussitôt de méfiance.

— Pas de questions, promit-il. Pas de lampe braquée dans les yeux, pas d'interrogatoire. C'est vous qui décidez, Katie.

Une expression d'étonnement mêlé de soulagement traversa son visage.

— Vraiment ? demanda-t-elle.

— Oui. Puisque c'est la seule façon de vous garder près de moi.

Katie sentit ses épaules se libérer d'un énorme poids. Jamais auparavant un homme ne lui avait dit qu'il respecterait ses initiatives. Ni en amour, ni en famille. Ni à l'école, ni au travail. Et voilà que Ian, tellement habitué à tout maîtriser dans sa vie, renonçait à la dominer, l'acceptait telle qu'elle était, les yeux fermés, en dépit des risques qu'il n'avait pu manquer d'envisager.

Elle savait combien il avait souffert autrefois. Sa femme et son enfant qu'il avait perdus tous les deux. Maintenant, il faisait ce qui était pour lui un immense acte de foi, elle n'en doutait pas. Alors, plus que tout, elle ne voulut pas le décevoir.

Ce soir, ils feraient l'amour. Et demain, elle lui dirait qui elle était, pourquoi elle se cachait de sa famille, avec l'espoir qu'il comprenne combien c'était important pour elle.

Mais dans l'immédiat, elle le voulait pour amant. Un amant mature, expérimenté, si séduisant…

Ian l'enlaça de ses bras puissants et la guida vers le canapé de son bureau, sur lequel ils s'assirent côte à côte. Lorsqu'il la serra contre lui, Katie sentit le corps de Ian se tendre comme celui d'un félin, vit son regard trahir une faim qu'elle espéra savoir assouvir. Doucement, il caressa sa bouche de ses lèvres, lentement il parcourut son corps d'une main légère, par-dessus ses vêtements. Il montra une tendresse surprenante, au vu de son désir qu'il ne cherchait pas à cacher.

Mais Katie n'avait que faire de tendresse. Elle brûlait d'envies précises, passionnées, exigeantes, fiévreuses. Elle voulait du violent, du torride, du démesuré. Pas de petits baisers délicats ni d'attouchements timides !

Son excitation s'éleva à mesure de sa frustration. Finalement, elle se dégagea de l'étreinte de Ian et le foudroya du regard.

— Ce n'est pas ce que je veux ! protesta-t-elle.

Ian parut étonné, puis affreusement déçu.

— Je suis désolé, Katie, balbutia-t-il. Je croyais que vous étiez d'accord pour faire l'amour.

— Ian, je ne suis pas une enfant. D'accord, je suis plus jeune que vous, mais je vous autorise à vous montrer plus — comment dire ? — plus passionné.

— Je ne veux pas vous faire de mal, se renfrogna-t-il. Peut-être devrions-nous aller chez moi. Ce serait plus confortable, non ?

— Je ne suis pas une porcelaine de Chine. Je ne vais pas casser. Et je ne veux pas changer d'endroit. Je vous veux… ici et maintenant !

Elle ponctua chaque parole en tirant sur la boucle de la ceinture de Ian, laquelle finit par céder.

— Savoir que vous ne casserez pas serait-il le fruit d'une vaste expérience passée ? s'enquit-il, un tantinet inquiet, tout de même.

— J'ai eu quelques petits amis, pas toute une équipe de football, riposta-t-elle en riant.

— Ouf, me voilà rassuré.

Katie l'attira sur elle, glissa un genou encourageant entre ses jambes musclées et déclara fermement :

— Je veux de la passion, monsieur Danforth.

— De la passion, répéta Ian d'une voix rauque.

— Faites-moi tout ce qui vous fait envie, pas ce qui vous paraît convenable. J'ai été convenable toute ma vie. Ça commence sacrément à bien faire.

L'effet sur Ian fut immédiat, comme si Katie avait ouvert la boîte où il renfermait toutes ses émotions et ses envies.

Enserrant ses hanches, il l'allongea sur les coussins de cuir, tandis que sa jupe s'enroulait autour de sa taille. Elle sentit, à travers la soie de son slip, la vigueur impérieuse de son érection buter contre la chair tendre entre ses cuisses.

Katie palpitait de tout son corps, une chaleur l'irradiait tout au fond d'elle-même, et se demanda si Ian percevait l'intensité de cette pulsation et de ce feu.

Puis elle ne pensa plus à rien. La bouche de Ian recouvrit la sienne. Elle ouvrit les lèvres en gémissant lorsque sa langue vint se glisser, s'enrouler, quémander. Les mains viriles de Ian arrachèrent son chemisier et dégrafèrent son soutien-gorge pour dénuder son buste. Le lin de sa veste frottait contre ses seins, les boutons nacrés de sa chemise éraflaient légèrement ses mamelons, attisant la flamme qui la consumait comme des petites langues de feu.

Elle chercha frénétiquement à déboutonner la chemise de Ian, avide de toucher sa peau. Mais il repoussa ses mains.

— Non, protesta-t-il. Comme ça. Je vous veux comme ça.

Elle, nue, provocante. Lui, habillé, dominateur.

S'abandonner à lui, lui laisser tout loisir de diriger son plaisir… tout cela plut à Katie.

La manière intense dont Ian s'emparait d'elle lui dévoilait déjà des horizons lointains, comme si son corps allait découvrir des sensations encore jamais éprouvées, ressentir plus profondément des émotions comme la douleur ou le plaisir. La pièce tournoyait autour d'eux, l'odeur de l'acajou et du cuir s'entremêlaient. Et les yeux de Ian, ses yeux si sombres au-dessus d'elle. Chaque centimètre de son corps viril, bien que recouvert d'étoffe et tenu hors de portée de ses doigts qui brûlaient de l'explorer, était tendu du désir contenu de la posséder tout entière.

— Désolé. Je vous en offrirai de nouveaux…

Ces paroles marmonnées dans son oreille lui parurent dénuées de sens, jusqu'à ce qu'elle sente son slip déchiré en lambeaux par une main avide. La violence animale de Ian lui procura un frisson délicieux. Elle rejeta sa tête en arrière, paupières closes, s'offrant au souffle chaud qui descendait le long de sa gorge. Ian enroula voluptueusement sa langue autour d'un téton, puis de l'autre, avant de prendre à pleine bouche le sein le plus proche, avec une gourmandise impatiente qui lui arracha un son rauque.

Katie se délecta des sensations sur son mamelon, bouton de chair tendre hérissé sous la morsure exquise des dents, palpitant sous les lèvres qui le suçaient, le savouraient.

— Oh ! surtout, n'arrêtez pas, haleta-t-elle, se cambrant vers lui, inondée d'un plaisir croissant.

Ian empoigna ses fesses nues, lui écarta les cuisses et la frotta contre le lin rêche de son pantalon explicitement renflé, jusqu'à ce qu'elle le supplie, encore et encore, de la prendre enfin. Le désir coulait en elle comme un flot toujours plus violent de lave bouillonnante. Elle gémissait, éperdue.

Il n'eut pas à lui demander si elle aimait ce qu'il lui faisait. C'était comme s'il comprenait quelle émotion exacte trahissait le moindre frisson sur sa peau, le moindre frémissement sur ses muscles. Comme s'il savait précisément où et quand la toucher, pour que son corps réponde de la manière la plus intense possible à ses caresses, fussent-elles douces ou sauvages. Elle se demanda fugacement par quel miracle il parvenait à se contrôler, alors qu'il paraissait si pleinement prêt à la posséder depuis longtemps. Mais pour l'instant, semblait-il, seul comptait son plaisir à elle…

— Ian ! cria-t-elle, tandis qu'il glissait une main et touchait enfin le triangle moite niché entre ses cuisses.

— Oui, mon amour, murmura-t-il.

— Je… Je ne savais pas, je ne pensais pas…

Cela n'avait jamais été comme ça auparavant. Jamais.

— Chut. Ne pensez plus, laissez vos sens vous emporter.

Ses lèvres couvrirent les siennes, l'empêchant de prononcer des paroles qu'elle n'aurait pas trouvées, de toute façon. Du bout du pouce, il caressa le bouton sensible, puis plongea ses doigts au creux de sa chair par petits à-coups rapides. Eperdue de volupté, le dos arqué, elle ondula sous sa main jusqu'à ce que l'explosion des vagues brûlantes perde quelque peu d'intensité.

— Je vous en prie, Ian, gémit-elle faiblement. Laissez-moi vous toucher…

— Impossible, mon cœur, dit-il avec un large sourire.

— Mais pourquoi ? Oh, s'il vous plaît ! Je veux vous prendre entre mes doigts.

— Non. Je veux jouir en vous. Si vous me touchez maintenant, il sera trop tard…

Dans ses yeux sombres luisait de nouveau la flamme du prédateur. Celle du tigre dominant sa proie. Et qui allait la dévorer d'un moment à l'autre.

Puis, comme s'il sentait qu'il avait soudain atteint ses propres limites, il ouvrit son pantalon et libéra son membre dressé.

Katie ne pouvait détacher son regard de ce pénis parfait, si généreux, long, puissant, lourd de promesses. D'un mouvement vif, Ian sortit de sa poche un préservatif qu'il mit adroitement en place, sans qu'elle le quitte des yeux, fascinée.

Voilà, le moment était enfin venu, songea-t-elle en frémissant. Maintenant, la promesse mutuelle allait être tenue. Elle allait être sienne, il allait être sien.

Alors, Ian renversa leurs positions, la saisissant par les hanches pour la placer à califourchon au-dessus de lui. Puis il la fit lentement glisser le long de son sexe tendu, dont chaque centimètre soyeux réveilla de nouvelles sensations au fur et à mesure qu'il plongeait plus loin, toujours plus loin en elle.

Et il l'emplit tout à fait. Ce qui auparavant était creux se trouva parfaitement comblé. Elle ne fut pas étonnée de s'emboîter si naturellement autour de lui, palpitante et de nouveau inondée de désir.

Ian la souleva et la baissa encore et encore, tandis qu'elle s'agrippait à ses épaules puissantes. Avait-elle crié son nom ? Elle n'en était pas sûre. La vision d'une grotte dans le désert de l'Arizona surgit dans son esprit. Le lieu magique où les âmes des amants se mêlaient. Ce bureau était leur grotte à eux. L'endroit où ils ne faisaient plus qu'un.

8.

Ian roula sur le côté, enveloppant de son corps à demi vêtu la nudité de Katie. Les spasmes d'un plaisir inouï le secouaient encore. Jamais, songea-t-il, une expérience aussi intense ne se reproduirait. Les sensations qu'il venait de ressentir étaient uniques, indescriptibles.

Comment un homme pouvait-il se sentir vaincu après avoir réduit une femme à sa merci ? C'était pourtant bien le cas. Malgré la sauvagerie avec laquelle il avait pris Katie, c'est lui qui se retrouvait tremblant jusqu'au fond de l'âme.

Ian recula un peu contre les coussins et s'allongea le long de Katie. Elle balança ses jambes fines par-dessus l'accoudoir du canapé, et posa sa tête sur sa poitrine. Enfouissant son visage dans les boucles fauves, il la tint serrée contre lui, berçant le corps mince jusqu'à ce que s'apaisent les convulsions de la jouissance.

Emu que leurs désirs aient été réciproques et simultanés, il resta longtemps sans voix. Lorsqu'il retrouva enfin l'usage de la parole, il chuchota :

— Voilà pourquoi nous ne pouvons pas travailler ensemble, Katie.

Elle laissa échapper un petit rire de gorge.

— Vous avez gagné. Mais nous pourrions être dans des bureaux séparés, alors ?

— A des étages différents… et encore, soupira-t-il en embrassant ses cheveux. Je serais toujours à rôder autour de vous, j'en ai peur !

— Nous irions déjeuner tous les jours chez vous ou chez moi.

Ian éclata de rire. De quoi croyait-elle qu'il était fait ?

— Je serais mort d'épuisement en moins d'une semaine.

— Ce n'est pas le but recherché, en effet.

Il la sentit sourire et continua :

— Non que déjeuner dans votre lit chaque jour soit une idée désagréable, bien au contraire… mais je suis tellement débordé par les événements, en ce moment. Les affaires passent d'abord.

Katie s'assit et attrapa son chemisier qu'elle enfila aussitôt, négligeant le soutien-gorge jeté sur un fauteuil.

— Les affaires d'abord. Je comprends.

Le ton blessé de Katie n'échappa pas à Ian qui la fit se retourner vers lui.

— Katie, je ne suis pas en train de vous faire comprendre que ce qui vient de se passer entre nous est juste le coup d'un soir, pour moi. Je vous veux dans ma vie. Vous comprenez ?

— Mais comment ? demanda-t-elle d'une voix méfiante.

— Eh bien…

Il s'interrompit, soudain déconcerté. Après tout, dans quelle mesure la magie du moment n'encombrait-elle pas son esprit ? N'était-il pas embrumé par un reste de passion, qui l'incitait à promettre bien plus qu'il ne saurait tenir ?

— Je crois que nous ferions mieux de remettre cette discussion à plus tard. J'ai encore beaucoup de choses à comprendre, et vous avez encore des problèmes à régler.

— Vous avez raison, admit-elle, sans pour autant se résoudre à croiser son regard.

— Ne vous en faites pas, reprit-il vivement, l'estomac noué devant son expression perdue. Je ne suis pas en train de réclamer des explications que vous n'êtes pas prête à me donner, juste parce que nous sommes devenus amants. Mais je veux vraiment vous aider de mon mieux, Katie. Et je veux aussi vous avoir dans les bras aussi souvent que possible.

Il prit une profonde inspiration avant de poursuivre :

— Ne sortez pas de ma vie juste parce que quelque chose vous effraye. Peu importe de quoi il s'agit, nous nous en occuperons, d'accord ?

Le silence pensif de la jeune femme l'effraya. Enfin, le regard de Katie s'éclaira et elle posa un léger baiser sur sa joue.

— Oui, d'accord.

— Allez, habillez-vous. Je vous dépose chez vous, dit-il ensuite, se levant et rajustant son pantalon.

Katie lui sourit, laissant tomber slip et soutien-gorge au fond de son sac à main. Brutalement traversé par un éclair de tentation, Ian se demanda si elle serait de nouveau prête pour…

Elle interrompit ses pensées en lui touchant le bras.

— Ian, si cela ne vous ennuie pas, je préfère rentrer à pied.

— Toute seule ?

La déception fit aussitôt place à l'inquiétude.

— Mais il est tard, insista-t-il.

— Je sais. Mais le quartier historique est tout à fait sûr, et j'ai besoin de réfléchir un peu. Ne vous inquiétez pas, tout ira bien.

Ian céda, non sans la prendre une dernière fois dans ses bras, pour lui donner un long et tendre baiser.

Enfin, il la laissa partir, écoutant depuis son bureau le bruit de ses pas s'éloigner dans le couloir. Ses pensées la suivaient, attisées par son odeur féminine sur sa chemise, et il lui fallut un peu de temps avant qu'il ne commence distraitement à ranger son bureau et éteindre les lumières.

Dieu merci, lorsqu'ils avaient fait l'amour, les rideaux étaient tirés devant les fenêtres ! A cette pensée, une nouvelle flèche de désir le transperça. Il la vit, couchée nue sur le cuir beige. Lui, venant s'allonger sur elle.

126

Il ferma les yeux pour mieux fixer la vision dans son esprit. Elle finit par s'estomper, mais son envie d'elle persista, avide, impatiente. Il se promit qu'ils se retrouveraient ainsi, l'un contre l'autre, bientôt.

Mais dans l'immédiat, il termina de ranger ses affaires et s'approcha des baies vitrées. Comme il aimait voir le soleil illuminer son bureau le matin quand il arrivait, il ouvrit les lourdes tentures qui les masquait.

Mû par une étrange impulsion, il se pencha vers la rue, guettant Katie. Qui sortait justement de l'immeuble et traversait le halo d'un réverbère.

Ian sourit, se sentant plus heureux qu'il ne l'avait été depuis longtemps. Il avait cru que jamais il ne rencontrerait une femme qui puisse combler le vide de sa vie, effacer le souvenir de son enfant perdu. La chance lui souriait-elle au point qu'il trouve enfin une femme capable de lui réapprendre le bonheur ? Capable de le consoler et de lui rendre l'espoir ?

Il s'apprêta à tourner les talons lorsque soudain, surgie d'une allée sombre, une silhouette vint se planter devant Katie. Le cœur de Ian fit un bond, sa bouche s'emplit de bile. Depuis son cinquième étage, il vit la jeune femme parler à l'individu. Le connaissait-elle ?

Puis, sous son regard horrifié, l'homme l'attrapa par le bras et tenta de la traîner vers une voiture garée à l'angle.

Une brusque montée d'adrénaline propulsa Ian vers l'ascenseur. Le cœur battant à tout rompre, il écrasa le bouton et, après une interminable descente, se rua dans le hall désert, dépassa en trombe les portes vitrées et courut à perdre haleine vers les deux personnes luttant sur le trottoir.

— Lâchez-la, espèce de salaud ! hurla-t-il.

Malgré l'obscurité, il crut reconnaître le Stetson et les bottes de cow-boy du type qui avait tant effrayé Katie.

Celle-ci, les talons plantés dans le sol, résistait sous la poigne ferme de son agresseur.

Juste avant que Ian ne lui balance un coup de pied dans le ventre, l'homme leva des yeux où se mêlaient surprise et consternation. L'instant d'après, ils roulaient tous les deux sur le sol. Ian parvint à se mettre à genoux, attrapa son adversaire par le col et lui asséna son poing dans la figure.

Quelque part derrière lui, une étrange plainte s'éleva. Puis deux poings martelèrent son dos.

— Ian ! Arrêtez ! Ne lui faites pas mal. Arrêtez immédiatement ! Oh, mon Dieu, je vous en prie…

Brusquement décontenancé, Ian ne vit pas venir le direct du gauche. Des jointures pareilles à des billes d'acier s'écrasèrent sur sa mâchoire, résonnèrent dans son crâne. Il répliqua par un crochet au foie, et le type s'écroula en gémissant sur le trottoir, cherchant son souffle.

— Courez appeler la police ! hurla Ian par-dessus son épaule à Katie, qui, Dieu sait pourquoi, continuait à le frapper et à le supplier d'arrêter, sanglotante.

— Quoi ? Qu'y a-t-il ? demanda-t-il, essayant de s'asseoir malgré les vertiges qui l'assaillaient.

— Ian, s'il vous plaît, ne tuez pas mon frère…

Ian réussit à se remettre debout tout en frottant sa mâchoire tuméfiée. Il regarda Katie les yeux écarquillés.

— Vous plaisantez ! Ce cow-boy est votre *frère* ?

Elle acquiesça avant de préciser :

— Euh, je vous présente mon frère Dennis. Dennis, voici mon patron, Ian Danforth.

Il fallut quelques instants à Ian pour comprendre les liens qui unissaient Katie à celui qu'il avait pris pour son agresseur. Il examina le jeune homme qui essayait péniblement de se redresser, le souffle encore court, un mince filet de sang aux lèvres. Mais, lorsque le garçon leva vers lui des yeux du même vert éclatant que ceux de Katie, Ian étouffa un juron et tendit la main au dénommé Dennis pour l'aider à se mettre debout.

— Je croyais qu'on vous kidnappait, marmonna-t-il à l'attention de Katie.

— Eh bien, c'était le cas, en un sens, admit-elle, écartant des mèches de cheveux qui masquaient une partie de son visage. Dennis a un peu trop tendance à prendre les ordres de nos parents au pied de la lettre. Lorsqu'ils t'ont demandé de me ramener à la maison, je ne pense pas qu'ils aient sous-entendu *de force*, Den, si ?

Les deux hommes se dévisageaient, sans sourire.

— Ça vous ennuierait de m'expliquer le petit drame que j'ai surpris depuis la fenêtre de mon bureau ? demanda enfin Ian, essuyant la poussière de son pantalon.

Katie fixait le bout de ses pieds d'un air sombre.

Dennis toucha sa lèvre blessée du doigt et grimaça.

— J'essayais de convaincre ma sœur de rentrer en Arizona, voilà tout, expliqua-t-il.

— Tu essayais de m'obliger à entrer dans cette fichue voiture, plutôt ! protesta-t-elle. Mais tu n'en as pas le droit. En aucun cas…

— Papa et maman sont morts d'inquiétude !

— Ce n'est pas une raison pour…

— … pour faire ce qui est mieux pour toi ? la coupa Dennis avec colère.

— Pour diriger ma propre vie !

Katie était en larmes, maintenant. Les poings sur les hanches, elle trépigna.

— Ce n'est pas juste ! Je n'ai jamais eu le droit de faire ce que je voulais. Jamais, jamais…

L'expression de son frère s'adoucit.

— Katherine, c'est seulement parce qu'ils t'aiment.

— Katherine ? répéta Ian, faisant un pas en avant.

Ils se tournèrent tous les deux vers lui — Katherine avec des yeux terrorisés, Dennis avec un regard soupçonneux.

— Katherine Fortune, c'est son nom, oui, déclara sèchement le jeune homme. Si vous êtes son patron, vous devriez le savoir, non ?

— Je *suis* son patron. Mais je ne la connais pas sous ce nom. Ainsi, vous êtes l'héritière disparue ?

Il semblait aussi stupéfait que furieux.

Katie grimaça comme s'il l'avait giflée, et murmura :

— Je suppose que je ferais bien de m'expliquer.

— Cela me semble une bonne idée, oui, grinça Ian.

Sur son invitation, ils rentrèrent dans l'immeuble. Katie marchait en tête, l'estomac serré et au bord de la nausée. Son pire cauchemar était devenu réalité !

Pourquoi avoir autant attendu pour avouer à Ian qu'elle l'avait dupé ? Si au moins les choses s'étaient passées comme prévu, par exemple au cours d'un dîner en tête à tête, c'est elle qui le lui aurait dit. Calmement. Raisonnablement.

Elle aurait su lui faire comprendre les raisons de sa fuite. Pourquoi elle avait pris le nom de son amie pour trouver du travail et commencer seule une nouvelle vie.

Mais là ? La vérité dévoilée par son frère, en pleine nuit ! Deux hommes se battant sur le trottoir. Elle eut un haut-le-cœur. Elle n'osait pas imaginer ce que Ian pensait d'elle à cet instant.

Avec le sentiment de marcher vers l'échafaud, Katie parvint enfin jusqu'au bureau de Ian, où elle s'effondra dans le premier fauteuil venu. Le visage dans les mains, elle éclata en sanglots.

Peu après, quelqu'un s'assit sur l'accoudoir de son siège et passa un bras autour de ses épaules. A sa grande surprise, elle s'aperçut qu'il s'agissait de Ian.

— Bon, Katie… Katherine. Si vous m'expliquiez un peu plus clairement la situation, maintenant ?

— Expliquer quoi ? fulmina Dennis, un mouchoir pressé sur sa bouche meurtrie. Elle a fui la maison sans laisser un seul mot d'explication. Aucune indication de l'endroit où elle allait. Pas de numéro de téléphone. Ni d'adresse où la joindre en cas de besoin.

— Bien sûr ! railla-t-elle en retour. Alors que tous les gens qui cherchent à s'échapper d'une famille étouffante partent en laissant une adresse, eux ?

— Pense un peu à papa et maman, Katherine ! Tu leur aurais évité de se faire un sang d'encre, si tu avais seulement prévenu quelqu'un que tu allais bien, tu ne crois pas ?

— Mais j'ai laissé un mot dans ma chambre, soupira-t-elle. Je leur disais de ne pas s'inquiéter pour moi. Si je leur avais expliqué quelles étaient mes intentions, ils auraient profité de la moindre information pour m'obliger à revenir à la maison.

Dennis fit un pas vers elle, mais Ian s'interposa.

— Ça suffit, déclara-t-il. Je doute fort que…

Il buta de nouveau sur le prénom inhabituel pour lui.

— … que Katherine ait prit des mesures aussi excessives si elle n'avait pas cru que c'était la seule solution.

Katherine considéra Ian avec étonnement. Elle n'aurait pas imaginé que Ian prendrait sa défense !

Dennis secoua la tête et tamponna de nouveau sa lèvre.

— Son comportement est impardonnable. Pour tout ce que nous savions, elle avait été kidnappée ou assassinée. Nous aurions pu ne jamais savoir ce qu'elle était devenue !

Ian pivota vers elle.

Katherine comprit que l'heure de son *mea culpa* avait sonné.

— J'avais l'intention de les appeler. Bientôt. Mais il fallait d'abord que je trouve un travail fixe, et si possible mon propre appartement. En ce moment, j'habite chez une amie.

Dennis ouvrit la bouche pour l'interrompre, mais elle le regarda droit dans les yeux et poursuivit :

— Je devais leur prouver que je pouvais survivre seule, de mes propres moyens, et faire mes propres choix. De bons choix.

— Tu ne comprends pas, Katherine. Ils ne cherchent qu'à te protéger ! répliqua Dennis, hors de lui.

— Mais j'ai vingt-deux ans ! cria-t-elle. Quand donc me feront-ils enfin confiance ?

— Eh bien, ce n'est pas avec un truc pareil que tu as fait preuve de maturité et de bon sens, en tout cas ! cracha Dennis.

Les yeux de Katherine s'emplirent de larmes et Ian leva une main vers Dennis pour le calmer.

— Arrêtez. Vous n'êtes pas très juste avec votre sœur. Apparemment, elle a cru nécessaire d'agir ainsi. Et, que vous soyez ou non d'accord avec ses méthodes, vous devriez respecter son désir d'indépendance.

Katherine fut submergée de reconnaissance envers Ian. Dennis était toujours tellement sûr d'avoir raison ! Tout comme son père. Quant à sa mère, même si elle lui avait appris à tenir bon face aux hommes de la famille, elle n'en avait pas moins, d'une certaine façon, contrôlé la vie de sa fille. Et récemment, les efforts de Julia Fortune pour essayer de la marier à l'un des fils de ses meilleures relations étaient devenus tout bonnement insupportables !

— Eh bien, murmura-t-elle à Dennis. Au moins, tu sais maintenant où je suis et que tout va bien. Tu peux rentrer le dire à tout le monde.

Mais elle savait pertinemment que cela ne serait pas si simple. Et, vu l'expression de son frère, il le savait aussi.

— Ben voyons ! dit-il. Tu crois que je vais rentrer sans toi ? Et qui va subir les foudres paternelles, à ton avis ? Sans compter que papa se précipitera ici par le premier vol pour te ramener *manu militari* à la maison.

Ian se leva et les dévisagea tous deux en silence.

Comme il devait la haïr en ce moment même ! songea avec tristesse Katie. Même s'il n'en montrait rien.

Enfin, Ian prit la parole :

— Puis-je me permettre de faire une suggestion ?

— Je ne quitte pas Savannah, le coupa Katie avec véhémence.

— Je n'ai rien dit de tel !

— Mais…, commença Dennis.

D'un geste, Ian leur imposa le silence.

— Dennis, où logez-vous, en ville ?

— A l'hôtel Hilton.

— Bien. Crofthaven Manor, notre maison familiale, est suffisamment grande pour vous accueillir. D'autant plus que mon père est absent en raison de sa campagne électorale. Pourquoi ne pas y aller avec moi ? Ainsi, vous aurez tous deux un endroit tranquille pour discuter de vos problèmes familiaux, et moi, je pourrais jouer les arbitres. Avec un peu de chance, vous parviendrez à vous entendre.

— Nous pouvons faire ça à l'hôtel, sans vous, dit Dennis.

— Pas question, riposta Katherine. Tu en profiterais pour me forcer de nouveau à te suivre.

— Juste ciel ! gémit-il. Je voulais simplement que tu viennes avec moi dans la voiture et que nous parlions !

— C'est ça ! Et avant même que je ne m'en rende compte, on aurait franchi la frontière du Tennessee.

— Allons, vous vous comportez comme deux enfants ! Vos chamailleries ne vont pas faire avancer la situation ! les coupa Ian en souriant.

Katie lui fut soudain reconnaissante d'être là, et de tenter d'apaiser leurs esprits. Elle se tourna vers son frère.

— Den, ce n'est pas comme si je ne voulais plus jamais vous voir. Mais laisse-moi encore un peu de temps. Je veux agir par moi-même. Sans qu'on me dicte ma conduite. On peut en parler, si tu le souhaites.

Dennis eut un moment d'hésitation puis il haussa les épaules.

— Bon, d'accord. Je vais aller chercher mes affaires au Hilton. Ian, vous êtes sûr qu'il n'est pas trop tard pour débarquer chez vos parents comme cela, sans prévenir ?

— Aucun problème, assura Ian. Il y a plein de chambres d'amis, qui sont toujours prêtes, au cas où. Et chez moi, il n'y a pas assez de place pour vous, Dennis et vous, Katie, euh, enfin, je veux dire Katherine.

Puis il se tourna vers la jeune femme.

— Je vais avoir un peu de mal à me faire à ce prénom…

— Je suis tellement désolée, plaida-t-elle, les joues en feu. J'avais vraiment l'intention de tout vous dire. Mais j'ai eu peur que vous ne cherchiez aussitôt à joindre mes parents.

— C'est probable, répliqua-t-il en souriant. Je peux imaginer les affres par lesquels ils ont dû passer !

— Je sais. Et j'en suis malade, admit-elle, honteuse.

— Je les appellerai demain matin pour leur dire que je t'ai retrouvée, déclara Dennis.

— Non. C'est moi qui les appellerai pour m'excuser. Et pour leur dire que je reste à Savannah, ajouta-t-elle en lui lançant un regard étincelant de volonté.

Dennis leva des yeux désespérés au plafond.

— Tu n'as pas la moindre idée du savon que papa va me passer si je rentre à la maison sans toi !

— Oh, si, je le sais, objecta doucement Katherine, éprouvant un élan de compassion à l'égard de son frère.

Katherine choisit de faire le trajet vers Crofthaven Manor dans la voiture de Ian. Non par manque de confiance envers son frère, mais parce qu'elle voulait parler à Ian sans témoin.

— Je vous remercie, murmura-t-elle tandis qu'il les conduisait vers la propriété située hors de la ville.

Dans l'obscurité, les vieux chênes qui bordaient la route ressemblaient à d'impressionnants géants, leurs branches solides et néanmoins gracieuses et leurs troncs moussus se découpant en silhouettes plus sombres sur le ciel nocturne.

— Merci pour quoi ?

— De nous avoir défendus, mes rêves et moi.

— J'ai juste imaginé ce que je ressentirais si ma famille m'obligeait à faire ou à être ce que je ne voudrais pas.

— Pourtant, vous travaillez dans l'entreprise familiale, souligna-t-elle. Vous n'avez jamais eu l'impression que votre vie était tracée d'avance ?

Ian continua de fixer la route, les mains fermement posées sur le volant.

— J'ai toujours voulu diriger Danforth & Co, ou au moins participer activement à son avenir. Tout petit déjà, j'adorais traîner sur le port, regarder les bateaux décharger les sacs de café. Bien avant d'ajouter les boutiques à la branche import.

— C'est vrai ?

— J'aurais été très déçu de ne pas collaborer aux affaires familiales. Mais je n'avais rien à craindre : il est traditionnel que le fils aîné prenne le relais lorsque son père se retire.

Il ralentit pour négocier un virage, après s'être assuré que Dennis les suivait dans son véhicule de location.

— Cela dit, le poste de directeur général ne m'est pas tombé tout cuit dans le bec, poursuivit-il, en lui lançant un bref coup d'œil.

— Je m'en doute…

— J'ai fait des études à l'université, obtenu un diplôme de commerce, puis j'ai gravi les échelons dans l'entreprise de mon père un à un. Et je peux vous assurer qu'il ne m'a pas fait de cadeaux… Mais j'adore mon travail !

Ses yeux brillaient de sincérité lorsqu'il la regarda.

— Et le reste de votre vie ? demanda-t-elle. Lorsque vous ne travaillez pas, que faites-vous ?

— Il me reste peu de temps pour les loisirs.

— Je ne parlais pas de ça, insista-t-elle doucement. Vous m'avez dit un jour que vous vouliez fonder une famille.

— C'est exact. Lorsque l'heure et la femme adéquate seront venues…

Il prit un nouveau virage, cette fois pour s'engager dans une allée de gravier, et lui désigna un portail de fer forgé surmonté de l'emblème familier D & D.

— Voici Crofthaven Manor.

Katherine s'était attendue à une vaste maison, typique de l'architecture coloniale élégante du Sud. Mais elle n'avait pas imaginé un parc aussi immense, aux parterres aussi magnifiques, soulignés par des éclairages enfouis dans la végétation et des lanternes anciennes. Ni une bâtisse pareille à celle qui surgit devant ses yeux.

Construite dans le style géorgien fréquent à Savannah, la demeure était impressionnante ! Une longue galerie de hautes colonnes blanches ornait sa noble façade. Le bâtiment principal, prolongé d'ailes successives, devait remonter à plus d'un siècle, peut-être même à la guerre de Sécession. Katherine se figura des dizaines de chambres, des boudoirs, une salle de bal, une salle à manger, une bibliothèque, toutes ornées de superbes meubles d'époque. Sous le clair de lune, la splendeur de Crofthaven Manor lui coupa littéralement le souffle.

— Le personnel a dû se retirer pour la nuit. Mais la cuisinière laisse toujours quelque chose de bon dans le réfrigérateur, en cas de visite imprévue, précisa Ian en coupant le moteur.

— Je n'ai pas très faim, objecta-t-elle.

En fait, elle avait l'estomac tellement serré qu'elle doutait pouvoir avaler quelque chose de consistant. Voir un peu plus tôt son frère et Ian se battre l'avait finalement plus secouée qu'elle ne le pensait. Elle n'avait envie que d'une boisson réconfortante, quelque chose de simple et de chaud. Une tasse de chocolat, peut-être…

136

Ian sortit sa valise du coffre tandis que Dennis les rejoignait. En chemin, ils s'étaient rapidement arrêtés chez elle pour prendre quelques vêtements de rechange et ses affaires de toilette.

— Et vous, Dennis, souhaitez-vous un en-cas ? interrogea Ian.

— Non, merci, moi aussi, je tiendrai sans problème jusqu'au petit déjeuner, assura Dennis, en entrant derrière eux.

Il étudia la magnifique entrée d'un regard critique, mais Katherine vit que l'opulence du décor l'impressionnait autant qu'elle. La maison dans laquelle ils avaient tous deux grandi, surplombant un immense désert, était spacieuse et très confortable. Leur mère l'avait décorée dans le style décontracté de l'Ouest, tout en préservant les origines indiennes de son mari. Mais en aucun cas l'immense ranch, malgré ses aménagements modernes et coûteux, ne pouvait-il être comparé à une propriété comme celle-ci.

Ian les guida au premier étage puis le long d'un immense couloir bordé de portes. Il ouvrit l'une d'elles et dit :

— Dennis, je pense que cette chambre vous conviendra. Il y a une salle de bains, ainsi qu'une terrasse baignée par le soleil du matin. Vous avez un téléphone sur le bureau et une prise Internet, si vous souhaitez consulter votre messagerie. J'ai remarqué que vous aviez un ordinateur portable.

— Voilà qui est très généreux de votre part, souligna Dennis. La plupart des employeurs n'iraient pas jusque-là…

Le ton légèrement plus amical de son frère rassura un peu Katherine. Mais elle comprit aussi qu'il semblait curieux de connaître la nature de ses relations avec Ian.

— Je pense que ma sœur et moi…, continua-t-il.

— Votre sœur aura sa propre chambre, juste en face de la vôtre, coupa vivement Ian. Quant à la mienne, c'est la première porte à droite, juste après l'escalier, au cas où vous auriez besoin de moi.

Rêvait-elle, ou ces derniers mots lui étaient-ils destinés ? se demanda Katherine.

Elle sentit le rouge lui monter aux joues et elle évita de regarder Ian.

— La cuisinière commence son service à 6 heures du matin, expliqua Ian. Je vais lui laisser un mot pour qu'elle nous prépare un petit déjeuner complet à 7 h 30, dans la salle à manger. Mais que cela ne vous empêche pas de faire la grasse matinée si vous le souhaitez. Je suppose que vous devez être épuisé après tout ce que vous avez fait pour retrouver votre sœur ?

— Ce n'est pas cela qui m'a mis dans cet état, répliqua Dennis, posant un doigt sur sa lèvre meurtrie.

Katherine faillit répliquer qu'il avait bien mérité ces coups, mais elle se contenta de lui souhaiter bonsoir avec un baiser sur la joue. Peut-être que les membres de sa famille ne pouvaient pas s'empêcher de la protéger, après tout, songea-t-elle en suivant Ian. Il n'allait pas être facile de les convaincre qu'elle n'avait pas besoin que l'on surveille constamment chacun de ses faits et gestes !

Ian ouvrit une porte et alluma sans rien dire la chambre qu'il lui destinait. Elle laissa échapper un hoquet de surprise admirative. Les murs, les rideaux et le mobilier mêlaient toutes les nuances de blanc, ivoire et perle dans une infinité de tissus, allant de la soie crémeuse au lourd brocart. Les touches de couleur se résumaient à quelques rubans rose pâle noués aux coussins, ainsi qu'une exquise collection de flacons de parfum alignés sur la coiffeuse. Elle adora ce décor si féminin et apaisant.

— A qui appartient cette chambre ?

— C'était censé devenir la nursery, répondit Ian simplement.

Le cœur de Katherine fit un bond dans sa poitrine, et elle ne sut tout d'abord quoi dire.

— Oh, Ian, murmura-t-elle enfin. Ça ne ressemble pas du tout à une chambre d'enfant…

— Non. Ma femme et moi devions nous installer à Crofthaven Manor. Mais après… après la fausse couche, j'ai demandé à une décoratrice de tout refaire en blanc, compléta-t-il en faisant un grand geste de la main, comme pour balayer ces souvenirs douloureux. D'effacer toutes les couleurs vives et les fresques représentant les animaux du zoo.

Katherine s'avança vers Ian, lui prit la main et la serra sur son cœur en le regardant droit dans les yeux.

— Je suis tellement désolée de ce que vous avez enduré. Il ne fallait pas m'amener dans cette chambre. Je peux très bien dormir ailleurs, vraiment.

— Non. Je tenais à vous la montrer.

— Mais pourquoi ? demanda-t-elle, déconcertée.

— Je ne sais pas très bien. Sans doute pour que vous compreniez combien l'idée de ne plus être père a été douloureuse…

— Vous êtes encore jeune, Ian. Vous vous remarierez un jour ! protesta Katherine.

Mais en prononçant ses mots, sa gorge se noua. Elle sentait la jalousie emprisonner son cœur en imaginant Ian avec une autre femme. Elle étudia attentivement son visage. Comme il était beau ! Ses enfants seraient magnifiques…

— Il faut être deux pour danser la valse, comme on dit, murmura-t-il sombrement.

Il voulut dégager sa main des siennes pour sortir, mais elle le retint. Il plongea son regard dans ses yeux.

— Que cherchez-vous à obtenir de moi, Katherine ?

— Je ne sais pas très bien, Ian. Je voudrais simplement que vous me fassiez confiance. Je suis désolée d'avoir menti pour décrocher ce poste. Je suis désolée de vous avoir caché qui était ma famille.

Ian lui sourit et recula d'un pas.

— Ecoutez-moi, je vous en prie, poursuivit-elle. Si j'ai pris l'identité de ma copine de fac, c'est parce qu'elle est partie travailler en Europe quelque temps. C'est elle qui m'a proposé d'occuper son appartement et d'emprunter son nom, le temps d'échapper à ma famille et de construire ma propre vie. Sur le moment, cela semblait une excellente idée. Je sais maintenant que j'aurais dû contacter mes parents. Mais comprenez-moi aussi… Vous avez bien vu comment ils ont réagi dès qu'ils m'ont retrouvée !

— Votre frère a dit qu'il voulait simplement vous parler. Je doute qu'il vous aurait traînée de force en Arizona !

— On voit que vous ne connaissez pas les hommes de ma famille, répliqua-t-elle. Oh, bien sûr, les Fortune adorent leurs épouses, leurs filles et leurs sœurs. Mais en tant que mâles, doublés de têtes de lard, ils sont persuadés d'avoir toujours raison. Et ils imposent leur loi.

Pour la première fois depuis un sacré moment, Katherine vit un sourire se dessiner sur les lèvres de Ian.

— Quand je pense que certaines me traitent de sale tyran !

— Eh bien, ma foi…, dit-elle en fronçant malicieusement les sourcils.

Ian éclata de rire et, portant ses poignets l'un après l'autre à ses lèvres, les embrassa.

— Je ne ramène pas mon épouse à la maison en la tirant par les cheveux, comme un homme des cavernes, moi.

Puis son sourire s'effaça.

— Mais je ne vaux peut-être pas mieux, après tout. J'ai obligé une femme à garder un bébé et à m'épouser. J'ai eu tort et tout cela a fini par un drame.

— Mais cela ne fait pas de vous un mauvais homme, Ian. Et sur le moment, peut-être était-ce la meilleure décision possible.

Ian resta un instant immobile, puis se rapprocha de Katherine et l'enlaça. Elle sentit qu'il cherchait autant à se consoler lui-même qu'à la tenir dans ses bras pour la réconforter.

— S'il y a une chose que cette tragédie m'a apprise, c'est que rien ne compte plus que l'amour et la confiance mutuelle. L'un ne va pas sans l'autre.

— Je suis entièrement d'accord, dit-elle.

— Si Lara et moi nous étions sincèrement aimés, nous serions sans doute restés ensemble. Mais j'ai tout gâché en l'obligeant à prendre des décisions concernant le mariage et les enfants, avant qu'elle n'y soit prête. Parfois, je me demande même si elle n'avait pas pressenti que ce bébé ne vivrait pas. Peut-être est-ce la raison pour laquelle elle ne souhaitait pas le garder ?

— On ne peut pas revenir sur le passé et supputer comment les événements auraient pu tourner différemment…

— Vous avez certainement raison, Katherine, soupira-t-il. Mais je crois toujours que la confiance est indispensable à une relation harmonieuse. Or, comment savoir si je peux vous faire confiance ?

A ces mots, Katherine sentit son âme se déchirer. Elle battit des cils, s'efforçant de retenir les larmes qui perlaient à ses paupières.

— Je vous jure, Ian, que je ne passe pas ma vie à mentir et à duper les gens. Ce n'est pas mon genre ! Mais je ne supportais plus ma famille, et il fallait que je m'en éloigne, voilà tout.

Elle chercha à déceler dans le regard de Ian une trace de jugement ou de reproche.

— Alors, qu'allez-vous faire, maintenant ? demanda-t-il, effleurant distraitement sa tempe de ses lèvres.

Ce qui la fit frissonner de délices.

— J'ai promis à Dennis que j'appellerai mes parents.

— Pourquoi ne pas aller les voir, juste pour leur assurer que vous êtes bien en vie, pleine de projets, et toujours leur fille chérie ?

— Non, refusa-t-elle en hochant la tête. Il est encore trop tôt. Si je rentre à la maison, je risque de ne pas avoir la volonté de repartir. Je dois d'abord finir ce pour quoi je suis venue ici : prouver que je peux survivre sans que le nom et l'argent des Fortune ne m'ouvre toutes les portes…

Ian la serra tout contre lui, puis passa la main dans ses boucles fauves. Lorsqu'elle leva les yeux, il l'embrassa avec une tendresse telle qu'elle se revit avec lui sur le canapé en cuir dans son bureau. Faisant des choses excitantes, délicieuses, folles.

Pourvu qu'il ne la laisse pas seule cette nuit ! Pourvu qu'il reste là, avec elle dans cette chambre sublime, et qu'ils fassent l'amour jusqu'au matin…

Mais il l'éloigna fermement par les épaules.

— Ian ? murmura-t-elle.

— Non, Katherine. C'est impossible, après tout ce qui s'est passé ce soir.

Il lui effleura le bout du nez avant d'ajouter :

— Bien que je trouve si difficile de quitter cette chambre. Vous êtes tellement… appétissante.

— Mais…

Le regard de Ian durcit.

— Faites ce que vous avez à faire. Je serai là pour vous aider, mais uniquement si vous me le demandez.

— Et nous, alors ? Vous et moi ?

— Je ne peux pas m'engager sérieusement avec une femme qui ne fait que passer dans ma vie pendant qu'elle découvre la sienne. Celle que je cherche doit souhaiter devenir une Danforth et fonder une famille avec moi.

Katherine se sentit comme vidée de son sang. Elle était incapable de prononcer un seul mot.

— Je comprends très bien que cela ne soit pas ce que vous souhaitiez, Katherine, poursuivit doucement Ian. C'est exactement ce que vous fuyez.

Puis, après lui avoir lancé un regard douloureux, il sortit de la pièce, fermant la porte derrière lui.

— Pourtant, je vous aime, murmura-t-elle.

9.

Ian enfila un short et un T-shirt, soulagé que le jour se soit enfin levé. Il avait à peine fermé l'œil de la nuit, dans ce qui avait été autrefois sa chambre d'enfant.

N'importe quel autre homme serait resté la veille au soir avec Katherine, rumina-t-il. N'importe quel autre homme aurait envoyé l'avenir au diable. Qu'importe, après tout, si elle n'attendait de lui qu'un plaisir passager !

Mais il se doutait bien qu'une simple aventure avec Katherine le mènerait inévitablement plus loin. Et il savait trop combien une relation pouvait devenir douloureuse lorsque les personnes concernées ne sont pas d'accord sur les choses essentielles de la vie, telles que le mariage, les enfants et la franchise…

N'empêche que pendant les longues heures de son insomnie, il avait envisagé de foncer dans le couloir jusqu'à la chambre de la jeune femme. Il n'avait fini par sombrer dans un sommeil agité qu'à 4 heures.

A 7 heures, il était prêt pour un jogging, certain d'être le premier levé. Mais comme il descendait avec l'intention de vérifier si la cuisinière avait commencé les préparatifs du petit déjeuner, il surprit des rires venant de la cuisine. Intrigué, il poussa la porte de chêne et découvrit Katherine au téléphone, une tasse de café à la main. Florence, la cuisinière, déposait devant elle une assiette contenant un muffin et de la confiture d'oranges.

Katherine leva les yeux en l'entendant entrer, mais ne cessa pas de parler dans le combiné.

— Je sais. Je me rends tout à fait compte du désastre que j'ai provoqué. Je suis vraiment désolée de vous avoir inquiétés à ce point, maman et toi.

Elle articula, à l'attention de Ian, les mots « mon père ». Elle lui parut soudain tellement jeune que son cœur se serra. Vingt-deux ans ! Les siens remontaient à si longtemps, songea-t-il.

— Vous désirez manger quelque chose maintenant, monsieur Danforth ? lui proposa Florence.

— Non, merci. Je prendrai mon petit déjeuner plus tard.

Il fit un signe à Katherine pour lui souhaiter bonne chance et sortit courir.

Trente minutes plus tard, il était de retour, en nage et essoufflé après ses cinq kilomètres le long de la plage. Il attrapa la serviette qu'il avait laissée derrière la porte de la cuisine et la mit autour de son cou. Mais Florence le chassa.

— Ne venez pas vous égoutter sur le sol propre de ma cuisine. Allez vous laver. Le petit déjeuner sera sur la table.

— Bien, madame, dit-il, saisissant au vol l'image de Katherine qui le regardait, hilare, tout en continuant de chuchoter dans le téléphone.

Katherine attendit le retour de Ian avant d'attaquer son propre petit déjeuner, malgré son muffin refroidi. Elle avait demandé à Florence de les laisser manger dans la cuisine ; l'endroit était plus chaleureux que l'immense salle à manger. Ian prit donc place en face d'elle, son assiette copieusement garnie d'œufs frits, d'épaisses tranches de jambon grillé, et de biscuits au fromage tout frais sortis du four.

— Alors, comment ça s'est passé avec votre famille ?

— Je suis restée plus d'une heure au téléphone, soupira-t-elle entre deux gorgées d'orange pressée. J'ai dû parler avec tout le monde : papa, maman, mes frères, puis mes grands-parents. Je me suis fait sermonner pour toute une vie !

— Ils étaient contents d'avoir de vos nouvelles, non ?

Avant de répondre, elle mordit dans son muffin puis avala un peu de café. Il était exactement comme elle l'aimait : corsé, avec de la vraie crème et deux sucres. Et la confiture semblait faite maison, fruitée et juste un peu acidulée.

— Si, répliqua-t-elle, ils étaient soulagés. Mais ils persistent à dire que j'ai été stupide de m'en aller. Sans doute était-ce puéril, en effet, de ne pas chercher à résoudre les problèmes sur place, mais j'en avais tellement assez…

— Peut-être ont-ils compris maintenant que vous aviez atteint un point de rupture. Ils seront certainement plus tolérants quand vous rentrerez.

C'était la deuxième fois qu'il évoquait son retour à la maison. Elle sentit son estomac se serrer.

— Est-ce que *vous* souhaitez que je rentre, Ian ? C'est ce que vous cherchez à me dire ?

— Peu importe ce que je souhaite, Katherine. Vous devez découvrir ce qui vous rendra heureuse. Peut-être ne savez-vous pas encore de quoi il s'agit, voilà tout.

— Peut-être, murmura-t-elle.

Savoir que Ian envisageait si facilement son départ la désespérait. Ne lui manquerait-elle donc pas, même un tout petit peu ? Ce qui s'était passé entre eux comptait tellement pour elle ! Mais pas pour lui, apparemment. A croire qu'il avait déjà oublié leurs moments d'intimité.

— Bonjour, tout le monde !

Katherine releva les yeux vers Dennis, qui venait de surgir dans la cuisine avec un entrain exaspérant.

— Tu as l'air en pleine forme, maugréa-t-elle.

— J'ai dormi comme un bébé. Certainement parce que j'ai à peine fermé l'œil ces derniers temps…

— Je vois de quoi vous parlez, marmonna Ian.

Katherine lui lança un regard interrogateur, mais il se contenta de hocher la tête sans la regarder.

Dennis empoigna une cafetière d'argent et se servit une tasse, puis attaqua son petit déjeuner avec l'appétit féroce des Fortune, qui n'avait rien à envier à celui de Ian.

— As-tu l'intention de tenir ta promesse et d'appeler les parents ? demanda-t-il à sa sœur entre deux bouchées.

— C'est déjà fait, rétorqua-t-elle d'un ton suffisant.

— Qu'est-ce qu'ils ont dit ? insista-t-il.

— Que je ferais bien de rentrer immédiatement.

— Et tu vas le faire ?

— Pas question, trancha-t-elle. J'aime Savannah. Et j'aime travailler chez Danforth & Co. Si je rentre à la maison, je redeviendrai de nouveau la petite fille de papa et maman. Tandis qu'ici, je suis qui je veux !

— Ici, tu n'as pas d'argent, avança Dennis.

— Pour l'instant, lui lança Katherine avec une expression de défi. Mais je vais travailler dur, faire des économies, gagner de l'expérience et évoluer au sein de l'entreprise.

Dennis éclata de rire.

— Méfiez-vous, Ian. Elle finira par prendre votre place si elle continue comme cela !

Katherine retint son souffle, guettant sa réaction.

Ian posa sur elle un regard où se mêlaient de l'admiration et quelque chose d'autre, qu'elle ne parvint à discerner.

— Je crois, dit-il enfin, que votre sœur est capable de réussir tout ce qu'elle décidera.

*
**

Le soir même, après une journée de travail au bureau pour Katherine et de tourisme pour Dennis, Ian les emmena dîner dans le vieux Savannah. La beauté du restaurant laissa Katherine sans voix. Comment croire qu'une maison aussi ravissante, entourée d'un jardin aussi calme, pouvait se nicher au cœur d'une ville moderne et animée ? La décoration intérieure réunissait les éléments les plus raffinés du style traditionnel du Sud d'autrefois. Quant à la nourriture, elle était tout simplement sublime, alliant épices et fruits de mer frais.

Lorsqu'ils quittèrent le restaurant, Katherine eut l'impression d'être observée, mais elle eut beau scruter la rue, personne ne semblait lui prêter d'attention particulière.

Cependant, un étrange sentiment de malaise persista. Identique à celui qu'elle avait ressenti sous le regard insistant de Jaime Hernandez, dans le bureau de Ian. Elle monta dans la voiture et lui demanda :

— Le cartel vous a-t-il contacté, récemment ?

— Non, pas depuis la dernière fois.

Dennis se pencha vers eux depuis le siège arrière.

— De quoi parlez-vous, tous les deux ?

Ian soupira avant de lui fournir quelques explications.

— Notre société a eu quelques ennuis avec un groupe de Colombiens, qui voudraient que nous achetions leur production de café. Mais nous les soupçonnons d'être liés à des criminels. Le FBI s'en est même mêlé, après qu'une bombe a explosé dans nos bureaux.

Katherine fronça les sourcils. Elle aurait préféré que Ian ne mentionne pas la bombe. Voilà le genre de détail qui n'allait pas rassurer son frère ni ses parents !

— Et c'est l'endroit que tu as choisi pour travailler ? demanda effectivement Dennis.

— Tout cela est arrivé bien avant que je ne débute chez Danforth & Co. De plus, tout va bien, maintenant, affirma-t-elle.

— Alors, je suppose que je dois rentrer en Arizona et jurer à papa et maman que tu es parfaitement en sécurité et heureuse, c'est ça ?

— Ma foi, je le suis ! répliqua-t-elle, frappée de cette réalité.

Jamais elle n'avait été aussi heureuse. Il ne manquait qu'un élément pour que son bonheur soit parfait.

Ian.

Mais, malheureusement, ses chances de gagner sa confiance semblaient s'être envolées à jamais.

Le lendemain soir, Katherine conduisit Dennis à l'aéroport. Elle avait redouté ce moment. Non parce qu'il s'en allait, mais parce que son départ signifiait qu'elle allait se retrouver seule avec Ian.

Et qu'elle ne savait pas quoi lui dire… Elle mourait d'envie de lui demander ce qu'il pensait de leur relation. Mais pouvait-on seulement parler de relation ? Il ne lui avait guère laissé d'espoir à ce sujet. A force d'affirmer qu'elle ne voulait pas s'investir dans une histoire trop sérieuse, sans doute avait-il conclu que rien n'était envisageable entre eux ?

Pareille attitude l'irritait profondément. Bon sang, ne pouvait-il au moins lui laisser le temps d'y réfléchir ? Devaient-ils obligatoirement former un couple « tout ou rien » ? Quel mal y avait-il à prendre du plaisir, à apprendre à se connaître… à tomber amoureux ?

Elle erra quelque temps autour de la ville, retardant le moment de retourner chercher son sac de voyage à Crofthaven Manor. Maintenant que Dennis était parti, Ian s'attendait sans aucun doute à ce qu'elle regagne son appartement, d'autant qu'Abraham devait bientôt rentrer de voyage.

C'était donc la dernière occasion qu'elle avait de clarifier les choses avec Ian. Oui, mais comment ?

La nuit était tombée lorsqu'elle s'engagea dans l'allée menant à la demeure des Danforth. Le gravier crissa sous les pneus de la voiture d'occasion qu'elle avait achetée à crédit. La maison était peu éclairée, mais elle vit une faible lumière briller à la fenêtre de ce qu'elle savait être la chambre de Ian, à l'étage.

Après s'être garée, elle poussa la lourde porte d'entrée. Nul domestique dans les parages. Elle monta silencieusement l'escalier, cherchant les mots adéquats, espérant que Ian la comprendrait.

L'aimait-elle ? Oui, profondément. Mais lui, l'aimait-il ? Il ne l'avait jamais dit. Et sans amour, elle ne pouvait tout simplement pas envisager la moindre relation sentimentale. Même avec cet homme-là, si fort, si brillant, si… désirable. Puisque pour lui le mariage était la seule issue, devrait-elle renoncer à tout ce qu'elle avait combattu, et devenir une épouse de plus, enterrée au milieu d'une puissante famille ?

Il fallait qu'elle lui explique cela. Il fallait que Ian le comprenne.

Elle devait aussi lui dire combien elle tenait à lui.

Durant ce qui lui parut une éternité, elle resta devant la porte de Ian, les doigts sur la poignée, sans oser la tourner. S'étant enfin armée de courage, elle se rendit compte au dernier moment qu'il aurait été mal élevé de sa part de ne pas frapper. Elle heurta donc le panneau.

— Oui ? demanda la voix de Ian, profonde, grave et préoccupée.

Katherine entra sans faire de bruit. Un flot de senteurs viriles l'assaillit. L'odeur musquée, unique, de son corps, le parfum de son after-shave…

Ian se tenait derrière son bureau, sur lequel brillait une lampe à l'abat-jour de verre, unique lumière allumée dans la pièce sombre. Bien que simplement revêtu d'un T-shirt et d'un caleçon, il ne parut pas troublé outre mesure de son apparition dans sa chambre. Il leva rapidement son visage dans le halo de lumière, puis reporta son regard vers les papiers étalés sur le sous-main de cuir.

— Je ne voudrais pas vous déranger, bredouilla Katherine. Mais je crois que nous devrions parler un peu.

— Ah bon ? commenta Ian, sans même lever les yeux.

Elle s'efforça d'éclaircir sa gorge soudain terriblement sèche, puis se jeta à l'eau.

— Je vous dois des excuses. D'énormes excuses.

— Nous avons déjà réglé ce point. Vous avez fait ce qui vous semblait indispensable. Les relations familiales peuvent être parfois très compliquées.

— C'est plus que ça, Ian. Lorsque j'ai pris cette décision, je ne vous connaissais pas. Comment aurais-je pu imaginer que prétendre être une autre allait être si important pour quelqu'un qui m'embauchait pour deux semaines ? Ou plutôt, comment aurais-je pu deviner ce que j'allais ressentir pour vous ? Pour *nous* ?

— Pour *nous* ? répéta-t-il d'un ton glacé.

Il se leva enfin. Il semblait tendu, les yeux tout à la fois emplis de tristesse et de déception.

— Katie, je… Nous souhaitons tous deux des choses différentes. Et cela ne changera pas. Honnêtement, je ne vois aucun avenir pour nous.

— Mais justement ! s'écria-t-elle. C'est là tout le problème : peut-être devions-nous nous laisser mutuellement un peu plus de temps pour voir si ce que nous pensons vouloir est ce que nous voulons réellement…

Elle se mordit la lèvre, décidée à ne pas perdre la maîtrise d'elle-même. Elle soupira avant de continuer :

— Ce que je viens de dire n'était pas très clair, n'est-ce pas ?

— En effet, répliqua Ian d'un ton amer. Mais j'ai compris l'essentiel : vous ne voulez pas vous engager. Point.

L'argument semblait si superficiel, dans sa bouche.

Katherine prit une profonde inspiration.

— Ian, je veux être certaine de faire le bon choix, rien de plus. S'il vous plaît, ne pouvons-nous pas juste prendre les choses comme elles viennent, et voir ensuite ?

— Non !

Il fit le tour du bureau et, une fois devant elle, prit ses mains entre les siennes.

— Katherine, j'ai passé l'âge des expériences. Une relation amoureuse avec période d'essai ne m'intéresse pas. Je peux sortir avec une fille pour des raisons professionnelles, pour me détendre ou pour m'échapper un peu de ma famille. Mais, bon sang, pas question de me lier sentimentalement à une femme qui ne sait pas ce qu'elle veut au juste ! s'écria-t-il avant de lâcher ses mains et de reculer. Je n'ai pas prévu de tomber amoureux.

— Eh bien, moi non plus, au départ, murmura-t-elle, vaincue par les larmes. Mais c'est pourtant arrivé…

Ian fronça les sourcils tandis qu'elle tentait d'essuyer ses joues. Sa voix s'adoucit brusquement.

— Katherine, ne dites pas des choses que vous ne pensez pas, d'accord ?

— Mais je le pense, sanglota-t-elle. Il m'a fallu du temps pour le comprendre. Je n'avais pas du tout l'intention de vous aimer. Vous êtes exactement le genre d'homme dont je ne voulais surtout jamais tomber amoureuse.

— Trop aimable, marmonna-t-il.

— Ecoutez-moi, cria-t-elle à son tour, à bout de nerfs. Vous êtes tout ce que j'ai cherché à fuir !

— De mieux en mieux ! riposta Ian, tandis qu'un sourire ironique se dessinait sur ses lèvres.

Katherine parla précipitamment, aussi clairement que possible, en dépit des larmes qui coulaient de plus belle.

— Vous baignez dans l'argent, voilà le problème. Si l'un de vos proches a des soucis, vous débarquez en super-héros, et vous le tirez d'affaires.

— Et ce n'est pas bien ?

— Ben non, si vous ne laissez jamais les gens prendre leur vie en main tous seuls…

Ian lui saisit le poignet et demanda sèchement :

— Et vous dites que c'est ainsi que j'ai fait avec vous ?

— Non, pas encore. Mais c'est là, en vous, dit Katherine, qui frappa la large poitrine avec leurs deux mains réunies. Et si nous étions ensemble, cela arriverait, un jour ou l'autre.

— Sauf si j'évitais de vous tyranniser, puisque je connais vos désirs d'indépendance, non ?

Elle étudia avec attention son regard, si sérieux. Pouvait-elle vraiment lui faire confiance ?

— Croyez-vous que ce soit possible, Ian ? Vous aviez imposé votre volonté à Lara, non ? Pensez-vous que l'on puisse changer à ce point ?

— Il s'agit sans doute plus d'*apprendre* que de changer, Katherine. Et puis, chaque relation est différente. En fait, nous n'avons cessé de tournicoter autour de la nôtre, essayant de deviner si les choses pouvaient marcher entre nous. Dès que je parle de famille, vous me foudroyez du regard. Dès que vous faites un pas vers moi, je recule.

— C'est vrai, admit-elle tristement.

— Il nous faut conclure une trêve, Katherine, murmura-t-il, l'attirant doucement dans ses bras, écartant d'un souffle léger les mèches de cheveux qui masquaient son visage. Cessons de réagir en fonction de nos peurs, cela nous permettra de découvrir ce que nous désirons réellement l'un et l'autre.

En Arizona, elle pensait savoir ce qu'elle désirait : la liberté d'agir à sa guise. Mais liberté était synonyme de responsabilité, et comportait son lot de complications, ce qu'elle n'avait pas prévu.

— J'aime travailler dans votre entreprise, même si cela signifie trimer dur et gagner peu. Mais mon dévouement pour Danforth & Co se confond avec mon dévouement pour vous, Ian.

152

— A moins qu'il ne s'agisse d'un simple béguin classique pour votre patron ?

Elle secoua la tête avec véhémence.

— Non, c'est bien plus que ça ! J'aime être auprès de vous, je respecte votre volonté de protéger tout le monde, employés, famille, père. Je veux vraiment être partie prenante dans ce que vous êtes et ce que vous faites. Mais je n'ai pas encore compris de quelle façon.

Elle était pour le moment incapable d'exprimer plus clairement ses pensées, mais Ian acquiesça, touché par sa sincérité.

— Et vous, Ian ? reprit-elle d'une voix noyée de larmes.

S'il la repoussait, maintenant qu'elle lui avait ouvert son cœur, elle devrait quitter Savannah. Jamais elle ne supporterait l'idée de devoir le croiser en ville !

— Je vous ai voulue, vous, Katherine, dès l'instant où vous êtes entrée dans mon bureau.

Puis il l'embrassa avec délicatesse. Comme si l'envie de le faire l'avait longtemps hanté. Mais lorsqu'il reprit son souffle, elle lut l'incertitude dans ses yeux. A propos d'elle. A propos d'eux.

— Ce serait tellement plus facile s'il ne s'agissait que de sexe, plaida-t-il. Comme avec les autres femmes. Mais ce n'est pas le cas avec vous. Je veux des enfants, je veux une épouse que j'aime et qui m'aime, qui élève nos enfants. Je veux une vie de famille harmonieuse, saine. Et une fois les enfants bordés dans leur lit, je veux de la passion. Je veux tout cela à la fois, Katherine. Et si vous ne pouvez pas me promettre que vous jouerez dans le film jusqu'au bout, je ne veux pas prendre le risque de vous accueillir dans ma vie.

Seigneur ! Saurait-elle être celle dont Ian rêvait ? Qu'aurait-elle fait à la place de Lara ? Que déciderait-elle si elle tombait enceinte, elle aussi ?

La réponse s'imposa. Elle déclara :

— Si je tombais enceinte… je serais folle de joie d'avoir mon enfant. Notre enfant.

Ian la dévisagea, encore méfiant.

— Je refuse d'être papa en solo. Ou un père en pointillés, juste le week-end. Avec moi, Katherine, c'est tout ou rien. Je ne peux pas être plus clair.

Katherine sentit son cœur s'alléger même si Ian ne lui avait toujours pas dit qu'il l'aimait.

— Je comprends bien, répliqua-t-elle. Ma mère affirme cependant qu'aucun amour n'est sans risque.

— Certains en comportent plus que d'autres, objecta Ian.

— D'après moi, vous valez largement la peine qu'on les prenne.

Les yeux de Ian s'assombrirent devant la franchise de ses propos. Et Katherine sentit son désir presque vibrer en lui, tandis qu'il articulait d'une voix rauque :

— Et vous aussi, ma chérie, vous valez qu'on prenne le pari. Mais je vais devoir prendre quelques dispositions pour protéger notre déclaration de confiance mutuelle.

— Louer les services d'un garde du corps, par exemple ?

— Jamais de la vie ! Vous pouvez faire de mon corps tout ce qui vous chante.

— C'est vrai, je peux ? s'enquit-elle en faisant courir un doigt mutin sur son torse moulé par le T-shirt, ce qui provoqua une réaction aussi immédiate qu'impressionnante plus bas…

— Mmm-hmm. Tout ce que vous voudrez, à condition que vous me laissiez entier après en avoir abusé.

— Promis.

— Et vivant, si possible.

— En plus ? soupira-t-elle en roulant des yeux.

Laissant échapper un grognement de convoitise, Ian souleva Katherine et, en trois grandes enjambées, la déposa sur le lit.

— Après tout, faites ce que vous voudrez !

154

Elle éclata de rire, mais dut bientôt s'interrompre, son attention détournée par l'insistante pression de lèvres brûlantes sur les siennes. Nouant ses doigts fins derrière sa nuque, elle attira son visage plus près pour que leur baiser soit plus intense. Il fit courir ses mains sur son corps, des caresses qui la firent frémir de volupté.

Katherine ne demeura pas en reste. Elle passa ses mains sous le T-shirt et, du bout des doigts, caressa la toison bouclée qui recouvrait le torse puissant de Ian. Elle frotta ses paumes en petits cercles concentriques contre les mamelons qui durcirent instantanément. Elle joua avec eux un moment, s'émerveillant de les sentir durcir encore un peu plus, ce qui fit gémir Ian de plaisir. Puis elle glissa ses mains sur son dos et caressa chaque centimètre de sa peau jusqu'à atteindre l'élastique de son caleçon, qu'elle baissa pour saisir ses fesses musclées.

Un torrent bouillonnant déferla en elle lorsque Ian se mit à caresser ses seins, en taquinant et suçant la pointe l'une après l'autre. L'effet de sa langue sur sa peau était un délice presque insoutenable.

— Oh, Ian, je t'en supplie !

— Quoi ?

— Maintenant, Ian. Je te veux en moi ! haleta-t-elle, le souffle court, lui griffant les épaules de ses ongles.

— Ton désir est aussi le mien…

Fébrile, elle mit ses paumes en coupe sous le sexe érigé, et sentit le poids de son désir pendant qu'il se protégeait.

Après l'avoir étendue sur le lit, Ian lui écarta les cuisses d'un genou impérieux. Comme s'il avait su qu'elle était prête à le recevoir depuis le premier instant. Il la pénétra d'un coup de reins rapide. Elle laissa échapper un râle tandis qu'il installait sa virilité dans sa féminité, les deux s'emboîtant parfaitement. Cambrant les reins, elle noua ses jambes autour de lui pour qu'il s'enfonce plus loin, plus profondément.

Il lui obéit sans cesser de la regarder de ses yeux assombris par le désir. Agrippée à lui, elle ondula autour du sexe tendu qui glissait si délicieusement contre sa chair humide et tiède. Son corps assoiffé de plaisir explosa en vagues exquises. Puis le reste du monde s'effaça. Il ne resta plus que cet homme, là, dans ses bras, et rien d'autre.

10.

La nuit s'écoula sous le signe de la passion. Plaisir pris et plaisir donné. Volupté partagée. Sensations et émotions atteignant des cimes toujours plus élevées. Quand bien même Katherine croyait avoir arraché de son corps la dernière once de désir, Ian revenait à l'assaut, toujours plus exigeant, la comblant au-delà de l'imaginable.

Lorsque la lumière matinale la tira du sommeil, nue dans le lit dévasté, Katherine se retourna vers Ian.

Mais son oreiller était vide, à l'exception d'une superbe rose thé, sans nul doute cueillie dans les jardins de Crofthaven Manor, posée sur une feuille de papier.

« Le devoir m'appelle. T'abandonne à grand regret ! A ce soir ? Ian », lut-elle en souriant. Après un bâillement paresseux, elle replongea entre les draps et se rendormit.

Ils passèrent la nuit suivante et tout le week-end dans l'appartement de Katie O'Brien. Durant de longues heures, ils se racontèrent leurs familles, leurs rêves, leurs envies.

Et ils firent l'amour.

Jamais Katherine ne s'était sentie aussi bien. Et jamais Ian n'avait été aussi heureux, devinait-elle.

Le lundi matin, il lui conseilla de rester à la maison.

— Mais je dois aller au bureau, objecta-t-elle.

— Non, tu n'aurais rien à faire, aujourd'hui. Je serai en réunion quasiment toute la journée. Il me suffira de basculer ma ligne téléphonique sur mon portable.

— Tu es sûr ?

— Oui, assura-t-il en lui adressant un regard qu'elle ne sut pas interpréter. Reste ici, et ce soir, on parlera encore.

— Bon, si tu insistes !

Pas de doute, elle était épuisée ! Où Ian puisait-il une telle endurance ? Décidément, c'était un homme étonnant !

Puis elle l'embrassa, trop heureuse de traîner quelques heures de plus au lit.

Ensuite, songea-t-elle avec ravissement, elle en profiterait pour ranger l'appartement et faire un peu de lèche-vitrine.

Holly se renfrogna lorsque Ian entra dans son bureau.

— Vous êtes certain de votre décision ? demanda-t-elle.

— Absolument certain.

— Katie va être terriblement déçue, Ian. Elle tient vraiment à rester chez Danforth & Co, vous savez.

— Oui, mais je lui expliquerai ce soir pourquoi je dois agir ainsi. Je suis sûr qu'elle comprendra.

— Ce soir ? répéta Holly, intriguée.

— De quoi je me mêle ? la rembarra-t-il gentiment.

Il était encore un peu tôt pour mettre au courant sa directrice des ressources humaines de la nature de leurs relations. Cela viendrait en temps et en heure. Il avait toujours refusé de mélanger vie privée et vie professionnelle.

Ce que Katherine comprenait très bien, d'ailleurs.

Bon, d'accord, songea-t-il, elle avait dit ça juste après qu'ils aient fait l'amour, languide et épanouie entre ses bras. En fait, il n'était pas très sûr qu'elle ait prêté une réelle attention à ses paroles.

Peu importe. Ian signa les papiers faxés sur sa demande par l'agence d'intérim, que Holly rassembla ensuite en une petite pile nette.

— Donc, si j'ai bien compris, vous ne voulez pas que j'informe Katie de son renvoi, c'est ça ?

— C'est ça.

— Et lorsqu'elle arrivera tout à l'heure…

— Elle ne viendra pas aujourd'hui, coupa Ian en lui rendant son stylo, soulagé d'avoir la situation en main, maintenant que ce détail était réglé selon ses désirs. Ne vous en faites pas, Holly. Cela ne lui posera aucun problème.

— Si vous le dites.

Holly fit une moue dubitative en agrafant les feuilles ensemble.

Le soir, Ian arriva à l'appartement armé d'une bouteille de champagne et d'un bouquet de roses. A mesure que la journée avançait, l'inquiétude l'avait effleuré à l'idée d'annoncer à Katherine ce qu'il avait fait. Mais la conviction qu'elle partageait ses projets d'avenir l'avait aussitôt rassuré.

Il ne lui avait pas encore acheté de bague de fiançailles. Mais demain, il avait l'intention de l'emmener chez le meilleur joaillier de Savannah pour lui offrir le bijou de son choix. Un diamant aussi gros qu'une pomme, si elle voulait !

La porte de son appartement était déjà ouverte, comme si Katherine l'avait guetté depuis la fenêtre. Lorsqu'il entra, une odeur d'oignons frits, de bœuf sauté et un lourd parfum d'épices l'assaillirent.

— Parce qu'elle sait cuisiner, en plus ? demanda-t-il à la cantonade.

— Véritable chili tex-mex et tortillas maison, annonça fièrement Katherine, surgissant de la cuisine.

— Tout simplement paradisiaque ! Est-ce que le champagne va avec la nourriture mexicaine ?

— Le champagne va avec tout !

Sortant l'autre main de derrière son dos, il lui tendit les roses.

— Oh, s'exclama Katherine, les yeux brillants, enfouissant son visage au milieu des fleurs parfumées. Si mes entrées mexicaines me rapportent un bouquet, que vais-je gagner avec le plat de résistance, bien pimenté lui aussi ?

— Une friandise… à déguster longuement ?

— Quel genre ?

— Tu veux que je te montre tout de suite ?

Elle éclata de rire devant son sourire suggestif.

— J'aurais intérêt à faire attention à ce que je cuisine quand nous aurons des invités…

— Je peux t'aider à faire quelque chose, en attendant ?

— Mettre le couvert, si tu veux.

Ian s'empressa tandis que Katherine arrangeait les roses dans un vase. Puis elle déposa au centre de la table un plat fumant de chili, accompagné d'une salade assaisonnée d'huile d'olive et de vinaigre balsamique, ainsi que les fameuses tortillas protégées par une serviette humide.

Ils s'assirent côte à côte, plutôt que face à face. Ils aimaient se sentir ainsi aussi proches que lorsqu'ils étaient dans le lit. Deux êtres partageant leur repas comme ils partageaient leurs corps.

Après s'être copieusement servi, Ian attaqua son assiette avec appétit.

— C'est le meilleur chili que j'aie jamais mangé !

— Vieille spécialité familiale, soupira Katherine.

— Vraiment ?

— Mon père et mes oncles sont des fans de chili. Et de cochon grillé entier.

— J'ai l'impression qu'on mange bien, dans ta famille.

— Oui, en effet, admit-elle, le regard soudain lointain.

— Ils te manquent, n'est-ce pas ?

Elle réfléchit avant de répondre, et Ian vit toute une série d'émotions traverser ses traits délicats.

160

— En fait, ils me manquent bien plus que je ne le pensais.

— Pourquoi ne prends-tu pas une semaine ou deux pour leur rendre visite ?

— Je ne sais pas. Tu as besoin de moi au bureau, non ?

Voilà l'occasion que Ian attendait. Il reposa sa fourchette et s'adossa à sa chaise.

— Justement, je voulais t'en parler, commença-t-il.

— Du bureau ?

Ian enchaîna rapidement, pressé d'en arriver au meilleur.

— Oui. Tu vois, je suis passé à la direction du personnel aujourd'hui. Je me suis arrangé avec l'agence d'intérim pour mettre fin à ta mission. C'est indispensable, ma chérie, insista-t-il avec un sourire rassurant, tandis que Katherine blêmissait. Nous ne pouvons absolument pas travailler ensemble. Même avant de coucher avec toi, le simple fait de te voir réduisait ma matière grise à néant.

— Mais nous formons une super-équipe ! protesta-t-elle, ses joues se colorant d'une teinte aussi vive que ses roses. Tu l'as dit toi-même, après le gala…

Ian éleva une main apaisante, mais Katherine plissa les yeux, comme si le geste avait été menaçant.

— Tu ne comprends pas, dit-il très vite, mécontent que la discussion lui échappe.

— Si, je comprends, coupa-t-elle d'une voix que l'émotion faisait trembler. C'est de l'abus de pouvoir. Tu as décidé cela tout seul, sans me consulter.

Il ouvrit la bouche pour protester, mais elle poursuivit :

— Tu as occulté mes sentiments. Aucune loi ne te permet de me chasser de ton bureau, ou de m'empêcher de travailler d'une quelconque manière pour Danforth & Co, au simple prétexte que nous avons une liaison !

— Une liaison ? s'étrangla-t-il. C'est ainsi que tu vois les choses ?

Rien n'aurait pu le choquer, le blesser plus que ce terme.

— Deux adultes célibataires, consentants, qui couchent ensemble. Tu appelles ça comment, toi ?

— Il ne s'agit pas de ça du tout, murmura-t-il, désespéré.

Si elle ne comprenait pas ses intentions, alors pourquoi lui proposer de s'engager ? Les mots qu'il avait cru pouvoir dire si aisément restèrent soudain bloqués dans son cœur.

— De quoi s'agit-il donc, Ian ? insista Katherine, le toisant de ses yeux verts. Je suis tolérée dans ton lit, mais pas sur ton lieu de travail ? C'est ce que tu sous-entendais l'autre soir, en parlant de séparer ta vie privée et ta vie professionnelle ?

Elle se leva, et esquiva la main qu'il lui tendait.

— Je ne te comprends pas, Ian. Ce week-end, il me semblait que nous étions tous les deux sur la même longueur d'onde. Mais peut-être avais-tu prévu depuis le début de m'écarter du travail que j'adore ?

Elle luttait contre les larmes. Voyant cela, Ian repoussa sa chaise et s'approcha, mais elle le repoussa d'un geste vif.

— Si le fait d'être ta petite amie m'ôte le droit de choisir librement où je travaille et pour qui, alors tout cela n'aura été qu'une grossière erreur.

— Mais je n'ai jamais dit que je voulais une petite amie, gronda-t-il, la saisissant aux épaules et la secouant brutalement pour l'obliger à l'écouter. Ni une liaison.

Non. Il voulait une femme, une épouse à chérir jusqu'à ce que la mort les sépare, selon la formule des vœux qu'ils auraient échangés… Et il voulait que cette épouse soit Katherine Fortune. Pour toujours.

Les magnifiques yeux émeraude brillaient sous un flot de larmes. Il fallait à tout prix lui expliquer ce qu'il ressentait, mais comment ? Bon sang ! Pourquoi n'avait-il pas acheté de bague ? Il l'aurait sortie de sa poche. Au moins, là, elle aurait compris la nature de ses sentiments.

Mais maintenant, voulait-il seulement passer un anneau à son doigt ? Pas sûr… Il n'aimait pas qu'on lui dise qu'il avait tort. Encore moins qu'on le réprimande.

Lâchant Katherine, il lui jeta un regard glacé.

— C'est peut-être mieux ainsi, après tout, marmonna-t-il.

La jeune femme se raidit, puis fixa le sol d'un air désemparé.

— Sans doute, oui, murmura-t-elle faiblement, après une profonde inspiration. Tu ferais mieux de partir, maintenant.

Ian s'efforça de contenir sa colère.

« Je voulais que nous nous mariions. Que tu portes mes enfants », lui cria-t-il silencieusement. Mais les mots resteraient dans sa tête. Pourquoi les dire à une femme tellement centrée sur ses propres désirs qu'elle ne lui accordait même pas les dix minutes nécessaires pour justifier son comportement ?

Alors il se détourna et quitta l'appartement en faisant claquer la porte.

Se tenir à l'écart de Ian et de l'immeuble Danforth était bien la chose la plus difficile que Katherine ait jamais faite !

Néanmoins, elle trouva, Dieu sait comment, la force de ne pas l'appeler au téléphone. Elle se rappela qu'elle avait toutes les raisons d'être furieuse contre lui.

Elle avait pourtant été claire, en lui expliquant qu'elle voulait éviter de se retrouver dans le genre de situation qu'elle venait de fuir, non ? A savoir, une vie sous domination masculine, dictée par la famille.

Si l'éventualité de rendre visite à ses parents l'avait effleurée, il n'en était plus question pour l'instant Bien trop vulnérable en ce moment, elle risquait de se retrouver sous leur coupe. Et, une fois à la maison, la tentation de se laisser réconforter par leur amour serait si forte ! Or, si elle n'était pas capable de tenir bon aujourd'hui, elle ne le pourrait jamais.

Néanmoins, elle appela Holly, juste pour s'entendre confirmer les dires de Ian.

— Katie, dit celle-ci, je suis tellement désolée pour vous. Selon moi, vous faisiez un travail super. Tout le monde va vous regretter, ici, croyez-le.

— Moi aussi, je vais tous les regretter. Hormis Ian Danforth.

Holly hésita un instant avant de poursuivre.

— Ne m'en veuillez pas d'être indiscrète, Katie. Mais qu'avez-vous fait pour qu'il change d'avis à votre sujet ?

« Je l'ai aimé », songea-t-elle tristement.

— Je ne sais pas, répondit-elle.

— Ça lui ressemble tellement peu d'agir ainsi, insista Holly, perplexe. Ian n'est pas un patron facile, mais il a toujours été droit, honnête, équitable…

— Eh bien, il y a un début à tout, murmura Katherine.

Puis elle remercia Holly de son aide, et l'assura que tout irait bien. Ensuite, elle appela Exé-Intérim pour se procurer un nouveau travail.

Deux semaines plus tard, son identité corrigée auprès de l'agence, Katherine débutait une nouvelle mission de secrétaire au sein d'une compagnie d'assurances. Après trois jours, on lui proposa un poste fixe.

Pourquoi pas ? répondit Katherine.

Durant tout ce temps, Ian ne lui donna aucune nouvelle.

Tant mieux, se dit-elle. Quel soulagement de ne plus être sous la coupe d'un homme aussi dominateur, arrogant, autoritaire…

« Seigneur ! De qui crois-tu te moquer, ma fille ? »

Elle l'avait passionnément aimé. Et l'aimait encore. Mais il y avait un monde entre aimer un homme qui vous faisait du bien, et aimer un homme qui vous faisait du mal. Avec un peu de courage, elle parviendrait bien à l'oublier.

Mais comment ?

Ian regarda l'agent du FBI droit dans les yeux.

— Vous êtes certain qu'il s'agissait d'elle ? demanda-t-il.

— Absolument, monsieur, répliqua le policier assis de l'autre côté de son bureau.

En cette fin d'après-midi, celui-ci lui apportait des nouvelles alarmantes concernant le cartel des Colombiens.

— Bien qu'ils se soient montrés très discrets, deux de leurs hommes suivent depuis quelque temps la jeune femme qui était votre assistante. Katherine Fortune, c'est bien ça ?

— Oui.

Katherine.

La simple évocation de ce prénom ravivait sa douleur.

— Vous êtes sûr que ces types font partie du cartel ? insista-t-il. Sa famille la poursuivait également pour la ramener chez elle, mais je crois que cela s'était arrangé.

— Nous ne faisons pas ce genre d'erreur, monsieur, répliqua sèchement l'agent fédéral avant de s'éclaircir la voix. Je suppose que vous l'avez licenciée ? Ça vous ennuie de me dire pourquoi ?

— Je ne l'ai pas licenciée. J'ai demandé à ce qu'elle soit remplacée pour des raisons personnelles.

— Raisons personnelles, répéta le policier, qui hocha la tête et inscrivit quelque chose sur son bloc. Il n'est pas impossible que les Colombiens pensent qu'il existe encore un lien entre vous. Pour des raisons personnelles, par exemple ?

Ce que sous-entendait l'agent ne faisait aucun doute. Aussi Ian répondit-il fermement :

— Si cela a pu être le cas auparavant, ce ne l'est pas aujourd'hui. Il n'y a plus rien entre Mlle Fortune et moi.

— Je vois. Mais le problème est de savoir si ces gens le savent, eux ? D'après nous, le cartel cherche à vous atteindre au travers d'un proche, ami ou parent.

Ian sentit la peur l'envahir.

— Vous pensez qu'elle court un grave danger ?

— Il vaut mieux être prudent, confirma l'agent fédéral. Avez-vous la possibilité de lui conseiller de quitter la ville pendant quelque temps ? De se cacher dans un endroit sûr ?

Ian fourragea nerveusement dans ses cheveux. Aucune chance qu'il puisse conseiller quoi que ce soit à Katherine. Elle ne le prendrait probablement même pas au téléphone…

Et, quand bien même il contacterait Dennis afin de la prévenir, elle refuserait à coup sûr de quitter Savannah, sous prétexte qu'on lui donnait des ordres !

Dieu, que cette fille était têtue !

Le doux visage aux yeux verts surgit dans son esprit. Son cœur fit un bond. S'il avait perdu Katherine, c'était entièrement de sa faute. Bien pire encore, malgré tous ses efforts, il était loin d'être guéri d'elle et voilà que, maintenant, il la mettait en danger !

— Monsieur Danforth ? Pouvez-vous nous aider à protéger Mlle Fortune ?

Ian émergea péniblement de ses pensées, et c'est alors qu'une solution s'imposa à lui.

— Je crois que j'ai une idée, déclara-t-il.

Katherine descendit la rue puis dépassa l'immeuble Danforth, s'efforçant d'en ignorer l'élégante façade ainsi que les portes ornées du logo D & D qu'elle avait tant admiré. En fait, les quelques semaines de travail dans ces bureaux avaient été les meilleures de sa vie…

Pas question pour autant d'y repenser ! Tout cela était bien fini. Le travail chez Danforth & Co. Ian. Ter-mi-né.

Cette matinée printanière était sublime, et elle ne voulait surtout pas la gâcher en soupirant après un homme. Comme elle était partie travailler plus tôt, il y avait encore peu de monde sur les trottoirs. Elle adorait cette sensation d'avoir la ville pour elle seule.

Elle traversa la rue pour aller admirer un pimpant chapeau dans une vitrine. Ce faisant, elle aperçut une voiture qui roulait très lentement le long du trottoir, comme si elle la suivait.

Katherine s'arrêta volontairement devant la boutique d'un bijoutier, espérant que le véhicule poursuivrait sa route. Toutes ces histoires de cartel et de bombes avaient apparemment fini par nourrir son imagination, songea-t-elle.

Le bracelet orné de saphirs posé sur du velours rouge était vraiment ravissant, mais le son d'une porte de voiture qui s'ouvrait lui mit brutalement les nerfs à vif. Soudain surgit dans la vitrine le reflet d'une haute silhouette s'avançant vers elle. Katherine s'apprêta à piquer un sprint. Mais des doigts puissants s'accrochèrent en tenaille autour de son bras tandis qu'une voix brutale lui ordonnait :

— Venez avec moi.

Avec un hoquet, elle pivota sur ses talons, prête à hurler à l'aide. Mais son cri mourut dans sa gorge, et elle ne parvint qu'à lâcher un gémissement de surprise mêlé de colère en reconnaissant Ian. Elle le foudroya du regard.

— Ça va pas, non ? J'ai failli mourir de peur !

Elle tenta de se dégager, mais il resserra sa prise.

— Tu es en danger, Katherine, dit-il. Je t'emmène quelque part où tu seras à l'abri.

Elle s'esclaffa.

— Ne sois pas ridicule, Ian. Je dois aller travailler, maintenant. Laisse-moi partir. Et n'essaye pas de me téléphoner. Je n'écouterai même pas tes messages.

— Voilà pourquoi j'ai agi de cette manière, maugréa-t-il.

— Décidément, tu n'écoutes rien, hein ?

Elle tenta de se dégager, mais Ian ne lâcha pas son bras.

— Ce n'est pas en malmenant une femme que tu la convaincras de rester avec toi, reprit-elle. Je me…

Il l'attira brutalement contre lui, l'embrassa posément sur la bouche puis la balança par-dessus son épaule, exactement comme il l'aurait fait d'un sac de café.

— Repose-moi par terre, hurla-t-elle, immédiatement ou j'appelle au secours.

Quelques personnes dans la rue les dévisagèrent, indécis sur l'attitude à prendre.

— Querelle d'amoureux, marmonna Ian avec un clin d'œil à un couple qui les dépassait. Elle adore les réconciliations de ce style, à la manière des hommes des cavernes !

L'homme éclata de rire, mais la femme ne semblait guère convaincue.

Le moteur de la voiture tournait au ralenti. Ian jeta Katherine sur le siège du conducteur, puis grimpa derrière elle, la poussant d'un coup de hanche sur le côté. Il enclencha le verrouillage de sécurité enfants avant qu'elle ne puisse ouvrir la portière côté passager.

— Non, non, lui déconseilla-t-il en démarrant aussitôt. Ne va pas te jeter hors d'une voiture en mouvement. Ce genre de choses ne se fait qu'au cinéma, sache-le.

Katherine s'adossa contre le siège de cuir, croisa les bras et lui lança un regard mauvais.

— Je te déteste, lança-t-elle.

— Ce n'est pas vrai.

— Comment te faire comprendre que je ne veux pas d'une vie dictée par des parents, des frères, un petit ami ou, pire, un mari ?

— As-tu envisagé de ne plus avoir de vie du tout ?

Comme Ian se concentrait sur la circulation, Katherine ne pouvait lire dans ses yeux.

— Que veux-tu dire ?

— Le FBI affirme que tu es suivie par les voyous du cartel colombien.

— Moi, suivie ? Pourquoi ? Je n'ai aucune influence sur Danforth & Co, il me semble !

— Non, mais ils pensent probablement que toi et moi…

— Oh, je t'en prie ! coupa Katherine.

— Ferme-la et écoute-moi, pour une fois ! gronda Ian. Rappelle-toi comment Hernandez te regardait le jour où je l'ai reçu dans mon bureau. Il pensait que tu étais ma maîtresse.

Elle s'apprêtait à protester, mais il saisit sa main et la serra en signe d'avertissement.

— Katherine, ces gens sont aux abois. Ils sont capables de t'utiliser pour faire pression sur moi, afin que j'agisse selon leurs désirs.

Elle pâlit et se recroquevilla sur son siège, la gorge sèche, tandis que la voiture filait à toute vitesse hors de la ville.

— Pourquoi le FBI ne m'a-t-il pas tout simplement mise en garde ? s'enquit-elle d'une petite voix faible.

— Parce que, dans l'immédiat, ils ne peuvent rien faire de plus. Ils n'ont pas les moyens de te faire surveiller vingt-quatre heures sur vingt-quatre, ni tous les membres de ma famille. Or, pour ma part, je ne pense pas que se contenter d'attendre soit la meilleure solution.

— Et quelle est la bonne, selon toi ? demanda-t-elle en lui lançant un regard méfiant.

— Nous allons disparaître quelque temps.

La colère envahit Katherine. Mais une petite voix, quelque part au fond d'elle, lui souffla que peut-être, cette fois-ci, les efforts de Ian pour la protéger étaient justifiés. Même si un kidnapping semblait un moyen quelque peu démesuré…

— Tu as dit *nous*. Tu comptes rester avec moi ?

Ian acquiesça silencieusement.

— Et ton travail ?

— Mon ordinateur portable est dans le coffre. Je n'ai besoin que d'une prise téléphonique pour le brancher. Ainsi, il me suffira d'ouvrir ma messagerie. Je peux très bien traiter les affaires urgentes à distance.

— Et mon travail à moi, alors ?

— Grâce à Holly, j'ai eu les coordonnées de ton nouvel employeur. Je l'ai appelé pour lui annoncer que tu étais en congé maladie pour quelques jours.

— Ma famille va se faire du souci.

— J'ai leur bénédiction par l'intermédiaire de Dennis.

Katherine poussa un grand soupir.

— On dirait que tu as pensé à tout !

— J'ai essayé.

Elle perçut une note de satisfaction dans sa voix.

Un petit cri d'énervement lui échappa.

— Qu'y a-t-il ? demanda Ian.

— Quoi que je fasse, on dirait qu'il m'est tout simplement impossible de mener ma vie à ma guise.

Quittant l'autoroute en direction de la rase campagne, il se tourna vers elle et dit lentement :

— Beaucoup de gens partagent ce sentiment, Katherine. Crois-moi, je n'ai nullement envie de te retirer ta liberté. Et je n'en ai jamais eu l'intention. Lorsque tout ceci sera terminé, si tu souhaites ne plus jamais me revoir, je respecterai ta décision. Mais dans l'immédiat, je ne peux pas laisser ces ordures te faire du mal. Si tu es devenue une cible pour eux, c'est à cause de moi.

Katherine regarda dans les yeux de Ian, et vit qu'il était sincère. Il ne cherchait pas à la dominer. Au contraire. Son attitude était seulement honorable : il s'estimait, dans ce cas précis, responsable d'elle, donc se devait de la protéger. C'était aussi simple que cela.

Elle décida de baisser enfin la garde.

— D'accord. Alors, où disparaissons-nous ?

Tybee Island ne se trouvait pas très loin de Savannah. A l'écart de la route qui menait aux plages très appréciées des touristes comme des habitants locaux, quelques maisons se cachaient au milieu de marécages isolés.

170

Le cabanon, pour autant que Ian s'en souvienne depuis une des rares parties de chasse qu'il avait partagées avec son père, ne comportait qu'une seule pièce, au confort rustique, mais était abondamment garni de nourriture et de vêtements, au cas où l'un des fils vienne un week-end tirer le canard. Quant à la clé, elle était cachée sous le paillasson du perron.

Ian guida Katherine au pied d'un coteau herbeux, vers une petite crique envahie de joncs et de roseaux. Des flaques d'eau, çà et là, miroitaient au soleil. Une barque était tirée sur la berge, comme une invitation à explorer ce monde aquatique. Un grand héron bleu, juché sur ses longues pattes fines, dressait sa silhouette gracieuse par-dessus l'eau saumâtre, guettant d'un œil stoïque la surface clapotante, en quête d'une proie, grenouille étourdie ou vairon paresseux.

Katherine se figea devant l'oiseau, l'observant avec attention.

Ian s'approcha d'elle.

— Tout va bien ?

— Mieux que bien, murmura-t-elle en se retournant vers lui. Cet endroit est magnifique. Tu peux me garder prisonnière aussi longtemps que tu le souhaites si tu m'emmènes dans un endroit si paradisiaque !

Ian supposa que ces mots n'avaient pas de signification particulière, hormis celle de briser les dernières bribes de tension entre eux. Mais quelque chose dans la manière dont Katherine avança plus près de lui accéléra les battements de son cœur. Alors, il l'enlaça doucement, enfouissant son visage dans ses cheveux fauves, prêt à la relâcher dès qu'elle protesterait. Mais elle ne le fit pas.

Lorsqu'elle leva les yeux, ils brillaient d'une émotion contenue. Ce fut plus fort que lui. Il l'embrassa.

— Tu m'as manqué, chuchota-t-il.

— Toi aussi, dit-elle avant de s'appuyer contre son torse puissant. Comme je voudrais que tout ceci soit plus simple !

— Les complications à propos du cartel de drogue ?

— Non, nous deux.

Ian sentit son cœur s'arrêter un instant. Leur restait-il une chance ? Que cherchait-elle à lui dire ?

Il déglutit avec difficulté, conscient que chaque mot qu'il prononcerait pouvait se révéler plus dangereux que la lame d'un poignard.

— Peut-être avons-nous rendu les choses plus difficiles qu'elles ne l'étaient ? suggéra-t-il finalement.

— Tu crois ?

L'émeraude de son regard brillait intensément.

— Oui, c'est probable.

Il piqueta de légers baisers le bout de son nez, son front et les boucles mousseuses juste au-dessus.

— Je suis désolé de m'être comporté de manière aussi despotique, poursuivit-il. Ce n'était pas volontaire de ma part — te donner des ordres, décider à ta place. Mais mon père agissait ainsi, et bien que l'ayant haï pour son autorité durant mon enfance, je suppose que j'ai hérité de certains de ses travers. Je n'ai jamais eu l'intention de te blesser, ou de te voler ton indépendance, crois-moi.

Katherine demeura songeuse un moment, puis soupira.

— C'est probablement ainsi que ça se passe dans ma famille, également…

— Comment ça ? s'enquit Ian.

Elle se blottit plus près dans ses bras, bien qu'ils fussent déjà joue contre joue, et expliqua :

— En fait, vous les hommes pensez qu'il est de votre devoir de protéger les femmes. Et nous les femmes, soit nous nous soumettons à la domination paternelle, soit nous nous rebellons. Je suis de celles qui se sont rebellées.

Il sourit et posa son menton sur la masse de ses cheveux bouclés.

— J'ai cru remarquer, oui.

Katherine leva les yeux vers lui.

— Ian, un compromis est-il encore possible ? demanda-t-elle doucement.

172

— Entre tes parents et toi ?

— Entre nous deux.

Ian eut l'impression d'avoir retenu son souffle pendant des jours. Non, des semaines. En fait, Katherine Fortune était imprévisible. Comme un film à suspense. On avait beau tenter de deviner la fin, l'histoire vous réservait toujours des surprises, quel que soit le nombre de fois où on avait visionné le film.

Est-ce que tous les couples se retrouvaient ainsi, à un moment donné, chacun devant une frontière invisible tracée par des mots blessants, des erreurs offensantes. Ian savait qu'il avait déçu Katherine sans le savoir, sur des points fondamentaux pour elle. Lorsque la limite était franchie, nul retour en arrière n'était possible… Mais était-il possible de se racheter ? L'occasion lui était-elle offerte maintenant ?

Tout doucement, il souleva son menton fin et plongea dans les yeux verts embués de larmes.

— J'ai tellement craint que tu ne me permettes plus jamais de t'approcher !

Elle sourit et, paradoxalement, les larmes jaillirent de ses yeux.

— Moi, j'ai tellement craint de ne jamais avoir la force de te quitter, si tu ne me permettais pas d'être moi-même !

L'espoir fit bondir le cœur de Ian. Enfin, Katherine lui ouvrait une porte. Portant les doigts effilés à ses lèvres, il déclara avec conviction :

— Si tu n'étais pas toi-même, je ne t'aimerais pas.

Alors, il vit une lueur nouvelle briller au fond de ses yeux.

— Parlons enfin, pour de vrai, murmura-t-elle.

11.

Ils discutèrent des épisodes douloureux au fil de l'eau. La vieille barque glissait lentement sur la surface lisse d'une crique. Cernés de hauts roseaux et de vieux cyprès, ils fouillèrent leurs âmes tout en ramant. Ainsi plantés au milieu du marais, ni l'un ni l'autre n'avait la possibilité de s'enfuir sous l'impulsion d'un échange trop vif.

Katherine était agenouillée à l'avant, tandis que Ian occupait le banc de bois derrière elle. Au début, coordonner le mouvement de leurs pagaies fut aussi compliqué que de déjouer les embûches de leur discussion. Parfois, Katherine souhaitait diriger la frêle embarcation dans une direction, mais Ian ramait dans l'autre sens, et ils finissaient par atteindre une destination qu'aucun des deux n'avait prévue.

Leurs discussions pataugeaient parfois comme un mouvement désordonné de pagaies gifle inutilement l'eau. Cela finissait alors en vêtements trempés, larmes coulées ou pauses pour s'enlacer, s'embrasser, se rassurer.

Ils s'étaient mis d'accord sur une seule règle : ne jamais garder le silence. Ils devaient parler, parler encore, partager le moindre sentiment, la moindre exigence, la moindre incertitude. Et après trois jours de navigation, ils découvrirent que plus grand-chose ne les opposait.

Et ils firent l'amour, aussi, dès que le désir les prenait, c'est-à-dire souvent. Le matin, avant un petit déjeuner de saucisses épicées et de sirop d'érable. L'après-midi, après des heures à ramer, à compter les cygnes, les oies et des oiseaux inconnus. Le soir, accompagnés du hululement tendre des hiboux.

Katherine et Ian pansaient leurs blessures et se rejoignaient pour ne plus faire qu'un.

Le matin du cinquième jour, Ian s'installa au bord du lit et interrogea la messagerie du bureau. Lorsqu'il referma son téléphone et se tourna vers Katherine, il souriait largement.

— Le FBI a arrêté les deux hommes qui te suivaient. Il s'agissait de ressortissants colombiens illégaux, et ils les ont renvoyés dans leur pays.

Katherine poussa un cri de triomphe, et ils retombèrent enlacés au milieu des draps froissés.

— On peut rentrer à la maison, déclara Ian.

— Pourquoi quitter le paradis ? Pour retrouver mon boulot à la banque ? murmura-t-elle, peu convaincue d'avoir envie de retourner à Savannah.

— A moins que tu ne préfères revenir chez Danforth & Co..., enchaîna Ian.

— Tout de suite, même ! s'exclama-t-elle, avant de se ressaisir. Non, en fait, je suis d'accord avec toi. Etre ton assistante n'est certainement pas une bonne idée.

Ian parut soulagé, puis remarqua :

— Tu aimes bien Holly, non ?

— Beaucoup, d'autant qu'elle a été très chic avec moi.

— Tu penses être capable de travailler avec elle ?

— Tu veux dire au département des ressources humaines ? Sous ses ordres ? demanda Katherine, intriguée.

— Qu'en penses-tu ?

Ian se surprit à sourire. Voilà une question qu'il apprenait à poser plus souvent au cours de leurs discussions, depuis qu'ils avaient réglé leurs différends.

— C'est génial ! Je ne savais pas qu'il y avait des possibilités…

— Holly m'a fait une liste des postes vacants dans l'entreprise. Ça peut être un bon tremplin pour toi afin de gravir les échelons, jusqu'à une fonction de direction, si c'est ce que tu désires.

— Je prends ! s'écria-t-elle en souriant largement.

— Parfait. Je vais appeler Holly et lui annoncer que le poste est pourvu.

— A propos de pourvoir…, insinua Katherine, tortillant de façon très suggestive ses hanches.

Celui-ci leva un regard accablé vers le plafond.

— Je ne serai jamais au bout de mes peines avec toi !

— Tais-toi et contente-toi de m'embrasser, compléta-t-elle silencieusement, comme sa bouche recouvrait la sienne.

Et l'instant d'après, il était juste là où elle voulait qu'il soit.

Ils partirent le lendemain pour Savannah. C'est à contrecœur que Katherine ferma la porte du cabanon, laissant échapper un énorme soupir.

— Triste et heureuse à la fois ? lui demanda Ian.

— Oui. J'ai hâte de commencer mon nouveau travail, mais je vais regretter cet endroit.

— Nous reviendrons ici quand tu veux. Autant que tu voudras.

Puis il parut hésiter une fraction de seconde avant d'ajouter :

— Il me reste quelque chose à faire avant que nous retournions à nos obligations.

Son visage affichait une expression de sérieux extrême.

— Oui ? s'enquit Katherine, brutalement sur ses gardes.

Au lieu de répondre, Ian tira de sa poche un petit objet rond et mit un genou à terre devant elle. Katherine sentit son cœur battre la chamade et sa bouche s'assécher.

— Je sais que pour toi notre différence d'âge n'a pas d'importance, commença-t-il avec une maladresse désarmante. Je sais aussi que l'idée du mariage te panique encore un peu. Mais si je te promets de ne jamais t'empêcher d'agir selon ta volonté, et d'être toujours près de toi si tu en as besoin… acceptes-tu de m'épouser, Katherine Anne Fortune ?

Troublée, Katherine regarda le beau visage concentré de Ian pendant qu'il faisait glisser la bague le long de son annulaire d'une main tremblante. Puis elle regarda l'anneau, s'attendant à trouver un diamant étincelant, ou un rubis éclatant, ou même un simple anneau d'or…

Elle fronça les sourcils. Ce n'était rien de cela !

— Il n'y avait pas de bijouterie dans le coin, commença Ian d'un air inquiet. Alors je l'ai tressée moi-même. Je sais que tu as des idées bien précises sur un tas de choses, et j'avais décidé il y a déjà longtemps que lorsque je te demanderai en mariage, je te laisserai choisir ta bague. Cet anneau-ci doit juste me réserver la place sur ton doigt.

Bouleversée, émue au plus profond d'elle-même, Katherine effleura l'humble entrelacement d'herbes qu'il avait confectionné à son attention.

— Je ne crois pas pouvoir trouver de bague plus belle que celle-ci, murmura-t-elle.

— Si tu ne veux pas me répondre tout de suite, s'il te faut du temps pour réfléchir… Tu m'as dit que tu m'aimais, mais si tu penses que…

Ian, cet homme capable de négocier des contrats d'un montant vertigineux et de résister à des trafiquants de drogue, se mettait à bafouiller, alors qu'il lui offrait son amour et de partager sa vie jusqu'à ce que la mort les sépare ?

— Je ne cesserai de te le demander, Katherine, poursuivait-il. Jusqu'à ce que tu te sentes prête. Je patienterai tout le temps qu'il te faudra pour…

Katherine ne pouvait pas le laisser languir plus longtemps à moins d'être sadique ! Elle l'interrompit d'un baiser tendre et plein de promesses.

— Je t'aime, Ian. Je veux être auprès de toi, pour toujours. Je veux être ta femme.

— C'est vrai ? Tu es sûre ?

— Oui. Je suis d'accord pour le mariage, tout de suite, même !

— On fera une toute petite cérémonie, promit-il vivement, persuadé qu'elle le voudrait ainsi.

— Avec deux familles comme les Fortune et les Danforth ? Tu plaisantes ! Ce sera un grand mariage à l'église. Une belle réception avec une pièce montée.

— Juste des petits choux à la crème, alors.

— Pas question. Plein de chocolat ! riposta-t-elle.

— Un simple quartet à cordes en accompagnement musical.

— Non, je veux un grand orchestre, s'esclaffa-t-elle.

— Tout ce que tu voudras !

Ian se releva, la prit dans ses bras et, ivre de bonheur, la fit tourbillonner jusqu'à ce que, prise de vertiges, elle le supplie d'arrêter.

— Tu m'as dit que tu voulais des enfants, reprit-il, haletant. Deux, ça te paraît bien ?

— Pas moins de quatre ! répliqua-t-elle, éclatant de rire devant son regard joyeusement surpris. Je t'ai déjà dit qu'il y avait beaucoup de jumeaux dans ma famille ?

— Plus rien ne m'étonnera jamais venant de toi, ma Katherine adorée. Et j'ai le sentiment que je ne suis pas au bout de mes surprises !

TOURNEZ VITE LA PAGE,
ET DÉCOUVREZ,
EN AVANT-PREMIÈRE,
UN EXTRAIT
DU SIXIÈME VOLUME

LA DYNASTIE
DES
Danforth

RENCONTRE PASSIONNÉE
de Kristi Gold

À paraître le 1er juin
dans la **Collection** *Passion*

Extrait de : *Rencontre passionnée*
de Kristi Gold

Imogene Danforth contemplait le magnifique dos brun, nu et musclé de l'homme qui étalait avec soin de la sciure sur le sol à l'aide d'une pelle. Il ne portait pour tout vêtement qu'un vieux jean usé jusqu'à la corde qui arborait un accroc juste au-dessous de la poche arrière. Imogene aperçut un carré de peau d'une jolie teinte mordorée…

Elle secoua la tête. Elle n'était pas ici pour admirer un garçon d'écurie ! Sa présence dans ce haras était strictement d'ordre professionnel.

— Bonjour ! dit-elle d'une voix forte.

L'homme se retourna. Il était superbe. Elle détailla les cheveux noirs ébouriffés ; le nez droit ; les lèvres pleines, encadrées par l'ombre d'une barbe naissante ; le torse aux abdominaux bien dessinés.

L'inconnu, aux yeux gris comme l'orage, la jaugea de la même manière, un sourire appréciateur aux lèvres.

— En quoi puis-je vous aider ?

— Je cherche le sheikh Shakir.

— Il vous attend ?

Imogene savait qu'elle aurait dû téléphoner pour prévenir de sa visite, mais elle n'en avait pas eu le temps. Elle avait trouvé l'adresse du haras sur Internet, découvert que c'était le plus proche de Savannah et avait quitté son bureau à la hâte.

— Non, reconnut-elle, mais la pancarte à l'extérieur indique que les visiteurs sont les bienvenus.

— Tout dépend de ce que vous lui voulez.

Imogene toisa l'employé.

— Je veux lui louer un de ses meilleurs chevaux.

— Je sais que son Altesse ne prêtera pas un pur-sang de son écurie sans en savoir un peu plus sur vos intentions.

— Je comprends ça parfaitement. Aussi, allez donc le chercher…

L'homme posa sa pelle contre le mur et s'empara d'une chemise en denim suspendue à un clou. Il l'enfila sans se soucier de la boutonner. Puis il se retourna vers Imogene.

— C'est inutile. Vous l'avez devant vous, dit-il.

— Ecoutez, si c'est une plaisanterie, je n'ai vraiment pas de temps à perdre…

— Moi non plus. *Je* suis le sheikh Raf ibn Shakir.

La surprise d'Imogene céda la place à l'irritation.

— Vraiment ? Alors, pourquoi vous faites-vous passer pour un palefrenier ?

— Je suis ici chez moi, je fais ce que je veux, lui répondit-il d'un ton uni. Et maintenant que vous connaissez mon identité, puis-je savoir à qui j'ai l'honneur ?

— Je suis Mlle Danforth répondit Imogene, légèrement confuse.

Raf pencha la tête sur le côté pour mieux la regarder.

— Vous êtes parente avec le candidat au Sénat ?

— Oui, Abraham Danforth est mon oncle.

— J'ai un grand respect pour lui et ses idées.

— Il apprécie votre soutien sans aucun doute, commenta Imogene d'un ton léger. Mais, *moi,* j'attends autre chose de vous.

Raf Shakir la considéra d'un air narquois.

— Ça, je crois l'avoir compris ! Depuis combien de temps, faites-vous de l'équitation ?

Imogene se remémora le poney qui l'avait jetée par terre la première — et unique — fois qu'elle était montée dessus. Elle hésita à mentir.

— En fait, il y a un petit moment que…

Raf plissa les yeux.

— C'était *quand*, exactement, la dernière fois ?

— Il y a une vingtaine d'années.

— Je vois… Et quel âge avez-vous aujourd'hui ?

— Vingt-cinq ans, presque vingt-six.

— Donc, vous aviez *cinq* ans la dernière fois que vous vous êtes retrouvée sur une selle ?

— Euh, oui.

— Alors, c'est non.

— Quoi, non ? rétorqua Imogene qui commençait à perdre patience.

—Je refuse de louer un cheval à une cavalière débutante.

— Sheikh Shakir, vous ne comprenez pas dans quelle situation je me trouve : je suis conseillère en investissements bancaires et je dois faire bonne impression face à un important client potentiel qui me prend pour une cavalière accomplie. Au sens propre, je dispose de trois semaines pour me mettre en selle si je veux remporter cette affaire.

— Quelle conscience professionnelle ! ironisa-t-il. Mais je ne crois pas pouvoir vous aider à concrétiser votre mensonge…

— Faites un effort, allons, répondit Imogene d'un ton cajoleur. Je suis sûre que vous possédez dans vos écuries un canasson capable de faire un tour de piste. N'importe quoi susceptible de me maintenir en selle un peu plus longtemps que quelques minutes…

Raf la regarda d'un air amusé, mêlé d'un brin de commisération.

— Il n'y a aucun *canasson* ici, comme vous dites. Je ne possède que des bêtes de tout premier choix et pas des « n'importe quoi ». Ils vous jetteraient à terre, à peine seriez-vous sur leur dos.

— Et si vous me donniez des leçons ? insista Imogene.

— Trois semaines n'y suffiraient pas. A moins de vous entraîner au moins huit heures par jour, et encore !

— Mais cela serait impossible, pour moi aussi, de toute façon. Je travaille à Savannah. Faire l'aller-retour entre le centre-ville et ce coin perdu…

— Ecoutez, c'est vous qui êtes venue me chercher. Si vous voulez tenter, je dis bien *tenter*, de faire illusion dans trois semaines, je ne vois qu'une solution…

— Laquelle ?

— Suivre mes conseils et venir habiter au haras pendant cette période pour un stage intensif.

— Mon employeur ne voudra jamais.

— C'est à prendre ou à laisser, mademoiselle Danforth.

Imogene réfléchit à toute allure. Son avancement au sein de la banque dépendait de ce client potentiel, et puis c'était son patron qui l'avait mise dans cette situation ridicule. Il ne pourrait lui refuser cet arrangement.

— Bon, je crois pouvoir m'organiser.

— Une dernière chose. Puisque nous allons travailler ensemble, laissons tomber les convenances. Quel est votre prénom ?

— Je m'appelle Imogene.

Il fronça les sourcils.

— Cela ne vous va pas du tout.

— Je vous demande pardon ?

— Votre prénom ne convient pas à votre personnalité.

Imogene releva le menton et darda sur lui des yeux verts offensés.

— Mes parents m'ont donné le prénom de ma grand-tante qui était une femme remarquable !

Raf ne put retenir un sourire.

— J'apprécie, tout comme vous, l'importance des traditions familiales, mais je reste persuadé qu'un autre nom vous siérait mieux.

Imogene le regardait, les yeux écarquillés de surprise devant son culot. Au même moment, Raf Shakir s'approcha d'elle et, incapable de se retenir, tendit la main pour écarter de la joue d'Imogene une mèche de cheveux blonds dont il apprécia la douceur dans sa paume calleuse.

— Vous avez des étincelles magiques dans les yeux, dit-il. Je vous appellerai donc Génie.

Puis, sans laisser le temps à la jeune femme d'ajouter quelque chose, il tourna les talons et lança par-dessus son épaule :

— Rendez-vous demain matin à 7 heures *précises*. Sinon, je ne pourrai plus m'occuper de vous…

Troublée, Imogene le regarda s'éloigner vers le fond des écuries. Elle rajusta la veste de son tailleur cintré de femme d'affaires et haussa les épaules.

Elle n'allait pas laisser un homme, fût-il de sang royal et même aussi diablement séduisant, lui dicter sa conduite !

Ne manquez pas le 1ᵉʳ juin
Rencontre passionnée
de Kristi Gold
le volume suivant de la Dynastie des Danforth

Vous pouvez le recevoir directement chez vous en nous appelant au 01.45.82.47.47 ou en nous retournant le bulletin-réponse que vous trouverez ci-contre.

Chère lectrice,

Vous nous êtes fidèle depuis longtemps?
Vous venez de faire notre connaissance?

C'est pour votre plaisir que nous avons
imaginé un rendez-vous chaque mois
avec vos auteurs préférés, vos
AUTEURS VEDETTE dans les
collections Azur et Horizon.

Les AUTEURS VEDETTE vous
donneront rendez-vous pour de
nouveaux livres vedette.

Pour les reconnaître, cherchez
l'étoile ... Elle vous guidera!

Éditions Harlequin

HARLEQUIN

LE FORUM DES LECTEURS ET LECTRICES

CHERS(ES) LECTEURS ET LECTRICES,

VOUS NOUS ETES FIDÈLES DEPUIS LONGTEMPS?

VOUS VENEZ DE FAIRE NOTRE CONNAISSANCE?

SI VOUS AVEZ DES COMMENTAIRES, DES CRITIQUES À FORMULER, DES SUGGESTIONS À OFFRIR, N'HÉSITEZ PAS... ÉCRIVEZ-NOUS À:

> LES ENTERPRISES HARLEQUIN LTÉE.
> 498 RUE ODILE
> FABREVILLE, LAVAL, QUÉBEC.
> H7R 5X1

C'EST AVEC VOS PRÉCIEUX COMMENTAIRES QUE NOUS ALLONS POUVOIR MIEUX VOUS SERVIR.

DE PLUS, SI VOUS DÉSIREZ RECEVOIR UNE OU PLUSIEURS DE VOS SÉRIES HARLEQUIN PRÉFÉRÉE(S) À VOTRE DOMICILE, NE TARDEZ PAS À CONTACTER LE SERVICE D'ABONNEMENT; EN APPELANT AU (514) 875-4444 (RÉGION DE MONTRÉAL) OU 1-800-667-4444 (EXTÉRIEUR DE MONTRÉAL) OU TÉLÉCOPIEUR (514) 523-4444 OU COURRIER ELECTRONIQUE: AQCOURRIER@ABONNEMENT.QC.CA OU EN ÉCRIVANT À:

> ABONNEMENT QUÉBEC
> 525 RUE LOUIS-PASTEUR
> BOUCHERVILLE, QUÉBEC
> J4B 8E7

MERCI, À L'AVANCE, DE VOTRE COOPÉRATION.

BONNE LECTURE.

HARLEQUIN.

VOTRE PASSEPORT POUR LE MONDE DE L'AMOUR.

L'ASTROLOGIE EN DIRECT
TOUT AU LONG
DE L'ANNÉE.

(France métropolitaine uniquement)
Par téléphone 08.92.68.41.01
0,34 € la minute (Serveur SCESI).

Composé et édité par les
*éditions*Harlequin
Achevé d'imprimer en avril 2005

BUSSIÈRE
GROUPE CPI

à Saint-Amand-Montrond (Cher)
Dépôt légal : mai 2005
N° d'imprimeur : 50709 — N° d'éditeur : 11269

Imprimé en France